Seba・蝴蝶

Seba・蝴蝶

Seba・蝴蝶

Seba・蝴蝶

Seba・蝴蝶

Seba · 蝴蝶

蝴蝶館 72

姚夜書

上卷

Seba 蝴蝶 ◎ 著

目次

姚夜書第一部·陰差

姚夜書第二部・天聽

姚夜書
第一部・陰差

楔子

其實，我並不叫這名字，甚至我不姓姚。

姚夜書是我的筆名，而需要筆名的，也就只有靠寫東西維生的人。

是的，我是小說家，當然你沒聽過我的名字。因為我是個三流小說家，還是半紅不黑、銷售量一直沒有長進的那種。

這個事實讓我的編輯、出版社，甚至我自己都很難接受。我擁有自己的部落格，在作家族群裡頭自稱作家的人成千成百，但我一直都高居點閱率第一。我的讀者非常多，海內外都有，但是我的出版數字非常淒慘。

編輯也不懂，他堅持我的作品很好，但是銷售數字能這麼糟糕，算是一種奇蹟。

因為出版社老闆也喜歡我的作品，所以就算銷售數字奇慘無比，他還是義無反顧的幫我出書，也才讓我能有碗飯可以吃。

當然有人推測我因此感到懷才不遇，鬱鬱寡歡，才會發生那些事情。

但是我很認真、也很誠摯的告訴你，我對這些並沒有什麼不滿。甚至我可以告訴你，這樣的結果是應該的。

我是個波瀾不驚的人，從小到大都過得很平凡。所有的喜怒哀樂都是書裡頭讀到的，複製過後的情緒消化得再完整，能感動人的部分畢竟很有限。

被我吸引來的讀者，自然只是純粹的被我的才氣所吸引，但是才氣並不是一個偉大作家的唯一要素。

我太正常，太平凡了。網路上的要求低，我才能夠有片天空。不然那些充滿愛、希望與勇氣的作品，年紀大一點的孩子就會馬上拋棄了。

當然，我的讀者很多，多到會互相爭風吃醋。我甚至有過一個讀者當我的女朋友，即使時間很短，卻是我第一次也是最後一次交女朋友。

分手不為什麼，只是很偶爾的讓我發現她的炫耀文。拿我當名牌包包還是鞋子一樣炫耀，有網友諷刺她只是為了我的名氣才當我的女朋友，她很乾脆大方的承認了。

我的確是個宅男，長得其貌不揚，而且有點胖，走在路上沒有人會看我一眼。但即使是宅男，我也有自尊，甚至有種精神上的絕對潔癖。

很乾脆的，我和她分手了。我知道她又哭又鬧，到處說我負心。但是她也只能說我負心，因為她爬到我的床上時，我並沒有碰她。她會哭鬧，只是為了面子掛不住。

我沉默了，不再和任何讀者有交流。我覺得讀者是種奇怪、可愛卻也可怕的生物。說不定在黑暗螢幕另一頭的是個變態呢，他們能夠這樣掏心掏肺的愛著一個陌生人。

更讓我心冷的是，比我寫得更爛的作家，也擁有這樣火熱的崇拜。

只要會敲鍵盤就有崇拜者，我的心涼得要結冰了。

所以我沉默的寫小說，沉默的當我默默無名的小作家，沉默的封閉自己。我漸漸的越來越像個修士，安靜的蝸居在租來的住處。

只是人生總有種種變化。我也沒有想到，這樣的變化，會出現在我身上，甚至變成現在的我。

第一個變化是，住了好幾年的房子，被房東收回去了。

第二個變化是……

我遇到了鬼。

第一話 瘋狂

「我知道我要死了。」難得的清醒中，我一陣陣的心灰。「我會死在這個精神病院，被人當作瘋子。但是我希望在我死前，讓我完成一個願望。」

她腐爛的頭顱湊在我眼前，咻咻的氣息，像是野獸。

「讓我……說完我還沒說完的故事。」我喃喃著，「一個瘋子的故事。」

房東要我搬家的時候，是那樣不好意思又困窘，又再三抱歉，我也知道兒子要成家的確需要個地方住，所以我很快就搬了家。

我運氣好，很快就找到一個價格低廉的套房。雖然房間不大，但是收拾的很乾淨，又有冷氣電視冰箱，真的沒有什麼好挑的了。

不知道是不是新大樓的關係，入住率很低。但是像我這樣愛靜的人，不跟人碰面是最好的。或許是我個性軟弱的關係，這些年磕磕碰碰，我越來越怕人群。以前住的那兒，管理員熱心得過分，老是拉著我東扯西扯，讓我很窘，我也知道他背後笑我很娘，跟男人說話也臉紅。

沒辦法，我個性就是這樣。我也知道挺礙別人的眼的，設法遠離人群就是了，我不想讓別人不舒服。

剛住進來，沒什麼奇怪的地方。要說有什麼奇怪的，也就是剛拿到鑰匙，走進來的時候，有股刺骨的風透體而過，很冷。

不知道為什麼，落地窗大開著，幾片落葉被颳得著不了地。

將窗戶關好，一切就正常了。

我記得住進來的時候是九月，天空明淨的一點雲都沒有，陽光譁笑，非常晴朗的初秋。

但是這樣美好的天氣，我卻生病了。

生病只是兩個字，但只有真正生病的人才了解我的感受。我發起高燒，身體滾燙，但是卻覺得這樣冷，不斷的發抖。

這並不是誇飾法，而是真的非常非常的冷，像是躺在冰箱裡。我喉嚨非常痛，痛得連口水都不能嚥下去，但是我好冷、非常非常冷。只有白天我才能疲乏的起身，去吃點什麼，晚上我只能在被窩裡發抖。

我看了醫生，但是醫生只說是流行性感冒，開了藥就把我打發了。但是我依舊冷，非常冷。冷到一種地步……我只能穿著大衣圍著圍巾，在攝氏二十九度的太陽底下，喝著熱騰騰的茶，這樣才能稍微好一點點。

不正常？我當然知道這不正常。但是我很相信醫學，或者說，這時候的我，還很相信理性。

但是這樣昏昏沉沉的病了一個月，終於有一天晚上，我受不了這樣的折磨，哭了出來。

男人哭很好笑對吧？但是當你額頭如炭，身體如冰的時候，誰管好不好笑呢？尤其是這樣淒慘的時候，身邊沒個人照應，我居然迷迷糊糊的喊……

「媽媽！」

喊完我就清醒了，突然覺得非常悲哀。我父母親早就跟我斷絕關係了。其實也能夠理解，我是家裡唯一的男孩子，又是封閉山村裡頭唯一考上大學的人，大學畢業以後，卻跑去寫不入流的小說，父母親會因為憤怒、絕望，不要我這個兒子，也是理所當然的。

只是，在最病痛最無助的時候，脫口而出的，還是媽媽。

回首這一生，寫作沒寫出什麼名堂，又一事無成，連個女朋友也沒有……我這人，真像個害蟲似的，多我一個少我一個還真的沒什麼差別。

不如就這麼死了吧。

這個念頭突然闖進心裡，我迷迷糊糊的爬起來，開始去浴室拿毛巾。不過毛巾上傳來的冰涼溼潤，讓我清醒了一下。

我想死？為什麼？我小說還沒寫完呢。我還那麼多構想……最少也等到寫完小說再死啊。就算我再怎麼像害蟲，不管我怎麼樣沒有用，我想寫……我太想寫了。還有那麼多小說沒發展完，不管能出版還是不能出版，我就是想寫完啊！

拿著毛巾發了好久的呆，想死和不想死的念頭抗衡了好一會兒，終究還是拿回去掛好。

反正睡不著了，我打開電腦，開始拚命寫作。當我寫作的時候，根本什麼也看不到、聽不到。所以我不知道……

靠近浴室的牆壁，開始汩汩的滲出血來。

直到天亮，我才發現血水流到我的腳邊、浸溼了我的拖鞋。

這時候的我，還是盲目的相信著理性。儘管一地的血水讓我非常恐懼，甚至讓我發燒變得更加劇烈，但是我堅信，那只是水管生鏽滲水，所以才流出這樣的鐵鏽水。

熬著虛弱，我把地板和牆壁都擦乾淨，打電話給房東。房東乾笑兩聲，要我去找人修理，修理費直接從下個月的房租扣除就好。

「如果不夠。」他的聲音有點顫抖，「那就下下個月一起扣好了。」

我真的去找師傅修理漏水，我也相信修好了。的確，修理好了以後，牆壁不再滲水，我的感冒似乎也好了一點。我想是溼氣太重才會這樣吧？

只是不明白，為什麼想要死去的念頭一直環繞不去。有幾次真的差點發生車禍，因為我衝到車道上……幸好現在房車的剎車都很強，我只是擦傷。

當然也被罵個半死。

其實我真的很抱歉，我不知道為什麼會這樣……我並不想造成任何人的困擾。

我說過，我的筆名叫做姚夜書吧？那是因為，我喜歡在夜裡寫作。雖然不至於整個白天都在睡覺，但是我幾乎都是四點上床，中午十二點起來。

剩下的時間，都在寫，不然就在看書。

這段生病的時間，只有寫作的時候可以讓我忘記病痛。我像是沒有明天一樣發瘋的寫，起初是趕稿，後來是為了躲避……隔壁的竊竊私語。

我們大樓的牆壁很薄，隔壁大點聲音都可以聽得到。不知道從什麼時候起，我發現我的鄰居拿我當話題。

他們說我是老處男、變態，用噁心的眼神看著人，好像是小偷似的。這對我，真的是很大的侮辱。

我說過，我是個精神上有絕對潔癖的人。我這樣遠離人群，潔身自愛，就是因為不能忍受一點點污點或污蔑。

除了逃避到寫作裡，我還能怎麼辦？但是鍵盤的聲音一停，隔壁的竊竊私語就又響了起來。我瘋狂的寫作，逃避那些不實的污蔑，但是這樣的竊竊私語真的要讓我瘋狂了，終於有一天，我發狂的抓起電腦主機，想要砸向牆壁的時候……

我突然清醒過來。

我在幹嘛？我是最邊間呢，這面牆外面，是空蕩蕩的馬路。我在做什麼？居然拿主機砸一面啞巴牆壁，硬碟裡都是我苦寫不停的小說呢！

我嚇得把主機輕輕放下，趕緊插上電源，害怕我把硬碟弄壞了。一一檢查之後，發現硬碟的資料完整，只是損失了我剛寫的一萬多字草稿。

是不是神經衰弱？獨居很容易有這種毛病的。我深深自責，哀悼我那一萬多字的草稿，然後趁著記憶還在，把這一萬多字設法從大腦裡頭救出來。

事後我想，或許是我太愛寫作、太想說故事了，這種狂烈的愛情其實已經讓我不正常了，所以我忽略了許多事情，讓我又多活了很多時候。

不過我不知道，這樣算是幸運，或只是另一個不幸的開始。

如蠶聲沙沙的竊竊私語沒有停止過，但是我相信，那只是精神衰弱。用理性就知道了，牆那邊根本沒人，除了精神衰弱，還能是什麼？

我早晚會去看醫生，但我手下的這本稿子出了點狀況，我還在思考怎麼解決這些不合理，我現在沒有空，最少不能被大夫抓去住院。

發冷發燒的感冒還是沒有完全痊癒，醫生告訴我，這波的流行性感冒要拖上一段時間，我相信了。甚至……我很不好意思的承認，我仔細的觀察自己生病時的種種感受，包括精神衰弱。這些都是寫作的好材料，我不能夠放過。

漸漸的，我養成去頂樓吃早餐的習慣（別人的午餐，呵呵），在日正當中時，我會覺得舒服一點，暖暖的太陽像是可以晒進我發霉的靈魂，很溫柔。

我吃完了三明治，那個塑膠袋突然一飛，我想要抓住。亂丟紙屑不太好吧？我在護欄旁邊抓到它。突然覺得肩膀上什麼東西一滑……

坦白說，我突然看到的時候，還沒辦法分辨那是什麼抓著我的手。直到我被往下一拖，我才正確的看清楚。

因為破破爛爛的衣袖下面，一顆爛西瓜似的腦袋抬頭望著我，大概是嘴巴的地方裂到耳根，幾根很長的頭髮稀稀疏疏的黏在頭皮上，兩個眼窩爛到眼珠都掛不住，掉了出來。

「下來……下來……」她的聲音真的很難聽，像是指甲刮著玻璃。

怕不怕呢？我是個人，當然是嚇個半死。但是你不要忘記，我是個熱愛寫作的作家。我勉強用力撐住，仔細的觀察她的長相，甚至她有幾顆牙都數清楚了。

在這種要命的時候，我腦子裡轉著的除了害怕，居然還盤算著要將她寫進哪本小說，要怎麼描寫她，讓她在那個場景跑出來……

「下來！」她的尖叫非常淒慘，幾乎要把我的耳膜震破了。

「我不要！」我把她看清楚了，用力的把自己的手拔回來，「我還要寫小說呢！」

但是她的力氣這麼大，我急出滿身的汗。我不要死，我還要寫小說呢，我還有那麼多小說要寫……我想起讀者喜歡開的玩笑，別鬧了，我不要被燒催稿單。那些無良的傢伙一定會燒成打的催稿單給我，活著償還稿債就很慘了，死了還要收催稿單，有沒有那麼倒楣？有沒有？

更何況死亡不是一切的結束，你看那個爛兮兮的女鬼就知道了！

不知道從哪兒跑來一團白白的光亮，那個女鬼讓這光亮穿過去，就哀叫著消失了。

用力過猛的我一屁股坐在地上發愣，手臂上有著烏黑的爪痕。

發了一會兒的呆，我跳起來，趕著跑回自己房間。雖然我頭發昏，太陽穴一陣陣的痛，但是我想到那個糾纏不清的小說該怎麼發展了，就算痛死也要先寫出來。

好不容易敲完鍵盤，我的手機響了。

「弟弟呀，我是媽媽……」媽媽在電話那頭哭了起來，「你身體怎麼樣？有沒有好好睡呀？」

我吃了一驚，雖然給過媽媽電話號碼，但媽媽是文盲，阿拉伯數字一個也不認識，真不知道她為了撥這個電話花了多少時間。

「媽……」吃了這麼多苦頭，我強忍住眼淚不掉下來。

「你爸爸不讓我打電話給你，他還在氣你呢。」媽媽喘了一下，「你要照顧自己，台北壞人多……」

「我知道。」哽咽了一下，狠狠地在肩膀上擦去眼淚。

「媽媽不認識字，你的書都看不懂。」媽媽還在哭，「但是你同學說，你寫的很好看。以後說給媽媽聽好嗎？」

「好……」

「弟弟啊，媽媽真捨不得你。」媽媽越哭越傷心，「你爸爸牛，你也牛。我也不知道寫囡仔冊好不好，沒看到你心肝都要掉了。我好想去看你，好想去照顧你啊……」

「媽，我去接妳來台北！」雖然我賺的錢不多，但是要養活我們母子是沒問題的。

「別傻了，你爸爸哪有可能給我來。」媽媽啜泣，「媽媽的心都跟你一起的，知道嗎？弟弟呀……」

掛了電話，我摀著臉，淚水還是不斷的流下來。從來沒有這麼想念過媽媽……她是溫順的傳統婦女，爸爸就是她的天。不知道為什麼，離家這麼久，我第一次這樣想念她。

很可能是我病得太久，今天又受到很大的驚嚇，所以才想念起她吧？

等我平靜一點，我把思念母親的心情寫進備忘裡。我的確無可救藥，而且根本不像個人。再怎麼憂傷痛苦，我都會化為文字，設法融入小說中。然後就像是封印了這種情緒，不再難過。

為了寫作，我真的失去許多許多。也說不定為了寫作，我早就喪失了人的心了。

我沒再遇見那個女鬼。說不定她還出現過，只是我不知道。手下的這部小說進入最後階段，我苦惱的重寫很多次，卻沒辦法寫出我要的感覺。

幾乎都沒有睡覺，我甚至沒注意烏黑的爪痕起了水泡，還流膿。

在電腦前苦惱，我根本不關心身邊發生什麼事情。只是累到一個程度，我還是昏沉過去，也說不定我昏倒了。

等我醒來，手溼溼的，指甲縫也很髒。

可能是我無意識中起來洗手吧？在這麼累的情形之下，現實和虛幻我已經分不太清楚了。

搖搖晃晃的起來刷牙洗臉，覺得口腔一陣陣的刺痛和發苦。菸抽太多了，我搖頭。牙刷一片烏黑，我漱口很久，刷了好幾次，才把噁心的感覺刷掉，洗澡的時候，身上一道道的污痕。

真糟糕，把自己搞成這樣。

好不容易把自己洗乾淨，爬出浴缸的時候，頭昏眼花，差點跌了一跤。更糟糕的是，我開始拉肚子。

唉，我怎麼一直跑醫院呢？

到了醫院，醫生看診了一會兒，「好像是食物中毒。你吃了什麼腐敗的食物嗎？」

但是我真的不記得我吃了什麼。

醫生開了藥給我，囑咐我讓腸胃休息。我想我不只是腸胃要休息，我的大腦也得休息一陣子。當然我想趕緊寫完，但是我也明白，故事，是永遠寫不完的。

總要留住一條命才有故事吧？

那天我早早的睡了。但是我睡得不太好。整晚都有人在我耳邊吃東西，吵死了。醒來我牙關很痠，嘴巴好像破了。刷牙時又是一陣陣的烏黑，我刷了好久。壓力太大磨牙？很有可能。但是我又拉肚子了。

拉肚子拉足了一個禮拜，真的非常痛苦。我把菸戒了，但是口臭越來越嚴重。我自己聞到都犯噁心。出門看醫生的時候，我得戴上三層口罩，省得薰到別人。

醫生大概也很受不了，總是給我一大包的藥，他的眼神很希望我別再去了。

身體越來越弱，感冒一個多月就是好不了。現在又加上拉肚子和嘴巴痛，我真的不知道發生什麼事情了。

當然我也不只一次想到自殺，很恍惚的，就從心裡掠過。我相信只是精神衰弱，很堅決的把這種傻念頭排斥在外。

但是我不知道，我的精神衰弱這麼嚴重。直到警察在墳地按住我，我驚醒過來，迷惘的看著他。我回眸，看到我抱在懷裡腐爛不堪的屍體，我嚇得馬上扔下來，但是我的嘴裡充滿了噁心的腐屍味道。

我想，每個人都有一定的忍受強度，超過了那個強度，就像是保險絲燒斷一樣。我昏了過去。

我不知道昏倒的時候發生了什麼事情。我模模糊糊的知道我在尖叫、在狂笑，發出奇怪的聲音，對著別人吐口水，並且失禁。我想我是瘋了。

不管我外在怎樣瘋狂，我的內在卻有個角落很清醒。我甚至還觀察自己發瘋的樣子，想著怎麼寫小說。

說不定，我早就瘋了。

只是好奇怪，我怎麼可能瘋得這麼難看？我想不通。我為什麼要去挖墳吃屍體？天知道我這樣的挑嘴，我是寧可不吃也不吃難吃的東西。我還記得那種恐怖的口感……我不想告訴你。

我只記得，我被關進精神病院，受到很大的折磨。我沒辦法控制的撞牆，也不能控制的倒在地上抽筋。醫護人員可能揍過我或踢過我，但是我只記得痛苦，卻不記得過程。

這些不是最糟糕的，最糟糕的是，我的清明常常被弄糊了，連讓我想故事的乾淨角落都沒有。

直到有一天，我還記得是個下著流星雨的夜晚。有一顆光亮的微塵，融入我要喝的水杯裡。

我喝了。

那真的是很好喝的一杯水。喝完以後，我腦子清明的角落突然擴大很多。一直籠罩在身邊的霧氣消散了。而且，我也看得到依偎在我懷裡，一直控制著我的那個女鬼。

她將腐爛得非常恐怖的臉湊在我眼前，「你怎麼還不死？你怎麼還不趕快去死？」她的低語這樣怨恨，這樣惡毒，「你根本不是人！你連你媽的屍體都吃了，為什麼還沒瘋還沒死？」

我不是真的瘋了嗎？我就知道，我不會瘋得這麼難看。

「我媽不在台北。」好久了，我好久沒說話了。但是能夠說話，是多麼棒的事情。

女鬼趴在我身上，腐爛的眼珠搖搖欲墜，她陰惻惻的笑，「你媽來台北治病，死掉了。」她輕輕的在我耳邊說，「你知道她為什麼會死嗎？」

我搖了搖頭。能躲我也想躲，但是我被瘋子穿的緊身衣紮了個結實。

「因為她昏迷的時候，靈魂出竅跑來保護你。她，是你間接害死的。」腐爛的味道刺激著鼻腔，我沒有表情。

也說不定，我早就習慣了。「哦？」

「她住的醫院，也是這個醫院。」女鬼歡欣的笑起來，「她過世的第二天，終於讓我弄瘋了你。」輕輕的，她殘忍的笑起來，「在你等待轉診時，我附了你的身，將她吃了個屍骨不全。」

她冰冷腐爛的手在我脖子旁邊游移，「被兒子吃掉，不知道她能不能好好的走啊……你知道你吃了什麼嗎？你吃了你媽媽的心臟！哈哈哈哈～」瘋狂的笑聲在小小的雪白房間漂蕩著。

我也笑了，淡淡的。「為什麼呢？我生平沒有害過半個人。」

「我生前也沒害過半個人！」女鬼咬牙切齒的，啃掉了自己的唇肉，「但是你的祖先害死了我！我要你們絕子絕孫，不得好死！好不容易你來到我埋骨的地方……我等好久啊～」

個人造業個人擔。為什麼要害死我？就因為那個死到不知道往哪去的祖先？這關我什麼事情，關我媽媽什麼事情？

我終於知道為什麼會被拳打腳踢了。那不是醫護人員幹的，而是我氣憤的爸爸下手的吧。

打得好，老爸。這輩子你就這次打我打得最好。

對了，你還不知道我寫什麼故事吧？我寫得很雜，什麼題材都寫。而且，我還寫過這個故事，這篇叫做〈瘋狂〉的故事。

只是這個故事斷了頭，我還沒寫完。

「我知道我要死了。」難得的清醒中，我一陣陣的平靜，心灰的平靜。「我會死在這個精神病院，被人當作瘋子。但是我希望在我死前，讓我完成一個願望。」

她腐爛的頭顱湊在我眼前，咻咻的氣息，像是野獸。

「讓我……說完我還沒說完的故事。」我喃喃著，「一個瘋子的故事。」

我想，我補足了我不足的部分。我知道光有才氣是不夠的，我還得經歷一些什麼，才可以將我的故事說得更吸引人，更緊緊的抓住世人的目光。

或者是鬼的目光。

我說了整個故事，這個故事像是在我大腦生了根，讓我這麼自然的說出來。我不知道說了多久，白天或夜晚，哪怕只有一個害死我媽、把我逼瘋的女鬼在聽，我也要把故事說完。

終於說到我瘋到住院，和女鬼對話的部分。接下來，我還沒寫。

「後來呢？」女鬼的眼珠子雖然爛到掉出來，卻寫滿了狂熱。和一般的讀者沒兩樣。「繼續說！你若說得好，我就讓你活著說故事！」

後來嗎？我笑了一下。咯咯的笑，在陰森的雪白房間裡，很像是鬼的哭聲。

啖食母親的屍身，是很大的罪孽。罪孽大到陰曹地府不能不管。但是在神智昏亂的時候，陰差找不到罪魂。

直到罪魂清醒，陰差才找到了路，來到這個雪白而陰森的小房間。

「啖食母親屍身的罪魂是哪一個？」陰差的聲音宛如雷鳴，「速速隨我前往！」

我停住。就如我說的故事一樣，陰差來到這個陰森的雪白房間，如雷的問了同樣的話。

我微笑著，指著還趴在我懷裡的女鬼，「就是她。」

「然後，」我越來越開心，朗聲笑出來，「陰差將妳帶走了。」

錯愕的女鬼被陰差一把抓住，慘叫著消失在虛空。但是她慘叫著的是，「我還想知道後面！後面怎麼樣了~別抓我，別抓我~我要知道後面怎麼了……」

我不斷的笑，越笑越大聲，完全符合我現在的身分，一個瘋子。雖然我笑到最後掉下眼淚，甚至嗚咽了起來，我還是停不住我的笑。

媽媽，對不起。妳重病在床想念的還是我，但是我的心裡，只有寫小說而已。甚至現在，我都盤算著要怎麼把喪母之痛和瘋狂時的苦楚，寫進小說裡。

遠在女鬼附身之前，我就已經瘋了。

終身背負的罪孽，怎麼懲罰也懲罰不完。

我早就已經瘋了。

我不斷的流淚，但是我還在笑。若我真的感到痛苦，那是因為……我居然不為母親過世而痛苦。

身為人的我已經消失，只剩下姚夜書。

*　　*　　*

「夜書啊，醫生說你的情況很有進步，要讓你出院。」我的編輯來探望我，小心翼翼的，「你就當作是重感冒，別想太多。你的書現在銷售量很好呢，你終於轉運啦，過去就當作是惡夢吧。老闆說，他會幫你打理住處，只要你好好寫……」

「我寫，但是我不要出院。」我咯咯的笑，「這裡幽靜。」

編輯有點為難。但是我想，挖墳吃屍體造成絕大轟動的詭異小說作家，應該是棵閃亮亮的搖錢樹。他不會放棄我，老闆也不會。

他們都中了我的毒，小說的毒。

像是屍毒一般黏膩噁心，卻難以治癒。

我不知道他們怎麼辦到的，我當然也不知道老闆花了多少錢。我在醫院裡有了一部筆記型電腦，甚至有條網路線，還有個個人房。

我繼續寫故事。不只寫給人類看，也寫給鬼魅、妖怪，還有一些我弄不清楚種類的眾生看。

自然的，我也會把我的小說念給我媽媽聽，我答應過的。

當我寫得很歡暢的時候，我會在房間裡發出笑聲。

據毛骨悚然的護士說，很像鬼的哭聲。

我想也是。

第二話 食肉

「這是個富裕的時代，你缺乏某種蛋白酶？」我覺得困惑。

「因為好吃啊。」眼鏡蒙著霧氣，他將湯匙遞過來，「嘗嘗看？」

望著在湯匙裡載沉載浮、燒得腫脹的手指頭，「不，謝謝。我吃素。」

我早就知道人肉的滋味了。

很逼真的夢境。

我看到了熱騰騰的廚房裡，大火大鍋的不知道在煮些什麼。真的好大，很像是什麼大飯店的專業廚房。我當初為了知道專業廚房長什麼樣子，重看好幾遍食神。

有人在剁著什麼，幾個蓋著的大鍋冒著煙，只有一個大得像是木桶的鍋子沒有蓋。

剁剁剁，剁剁剁。很俐落的聲音。是不是要包餃子？我的廚藝很差勁，只能做出這麼淺顯的推論。

到底在煮什麼？我看著大木桶似的高鍋思考著。啊，很像是日本美食漫畫畫的那種，專門熬高湯的。

旁邊有個大勺子，我不假思索的拿起來往鍋裡撈……

撈起了一個彎彎的，還黏著一點肉的「肘子」。花了一點時間，我才從「肘子」尾端的半個手掌認出來，這是一節熟爛的、人的手臂。

默默的讓手臂「入湯為安」，我有點困惑的往前走。

剁剁剁，剁剁剁。

穿著廚師整齊制服的年輕人哼著歌，很愉快的剁著手下大堆的肉。其實剁碎了也看不出來是什麼肉，只是他的習慣很不好，讓頭顱、腳掌，這種容易辨識人類特徵的碎塊散置在流理台上，我實在很難相信他是個好廚師。

連巷口賣牛肉麵的老王都收拾的比他嚴謹呢，老王常吹的「天下第一牛肉麵」也因為他簡直是神經質的嚴謹，顯得頗有說服力。

散漫的廚師不會是個好的廚師。

可能是震動，也可能是頭顱的主人想跟我打招呼。那個頭顱突然轉了半個圈，和我四目相對。

「……吳大夫？」我輕呼。

「我吵醒你了嗎？」年輕的吳大夫站在我床邊，有些手足無措的笑了。

眨了眨眼睛，我想我是醒過來了吧。我望著吳大夫，夢境和真實有些恍惚的重疊，又詭異的分歧。

是夢。發出一聲呻吟，我想轉身繼續睡。這是完稿症候群，每次我寫完一本小說，就會倒下來睡上二十個小時以上。誰再說小說家容易混飯吃我就去殺誰。你怎麼不試著坐在電腦前面榨腦漿，一週七天，每天十八個小時看看？

等寫完油盡燈枯，還要被高漲的情緒主宰著，連睡眠都要被雜夢頻頻入侵。

你來試試看好了，看當小說家好不好賺。

「你已經睡兩天了。」剛剛當上住院醫師的吳大夫有點不知道該怎麼辦，「不吃點什麼？」

如果是其他的醫生，我可能冷笑一聲面牆繼續睡。但是面對這樣有點可憐兮兮，心腸熱過頭的吳大夫……長長的嘆口氣，我不甘不願的起床。

端過來的是粥和小菜，還有一個饅頭。看起來是早上八點而不是晚上八點。一樣樣的聞過去，我撿起那個結實的饅頭，胡亂咬了幾口。

「我飽了。」放下那個饅頭，盤算著等等要去洗澡，順便回憶一下夢境，可以寫進備忘裡當小說題材。

「你吃太少了。」吳大夫簡直是痛心疾首，「好歹也喝完這碗稀飯。這是我特別去買的鹹粥呢！靠點滴過日子怎麼好呢？你的抵抗力已經不好了……」

很苦惱，真的很苦惱。如果吳大夫是那些心臟宛如鐵氟龍、血管流著液態冰的精神科大夫就好了。可惜他還這麼年輕、血還滾燙著，還有理想抱負和悲天憫人。人說伸手不打笑臉人，何況還是個真心的笑臉人。連我這個如畜如鬼的瘋子都不知道該拿他怎麼辦。

天真的溫柔比陰險狡詐更難應付。

無力的發了一會兒的呆，在他關懷到幾乎哀矜的壓力下，我捧起鹹粥，喝了一口。

……………

然後我馬上跳起來，衝去洗手間大吐特吐。真是掏心抖肺，幾乎把自己內臟吐出來那種用力法。吐到完已經天旋地轉，我覺得我會因為這種微小的飲食障礙死翹翹……嗓眼一陣陣甜腥，我喉嚨好痛……

吳大夫整個慌掉，只是一聲聲叫喚，他可能慌到忘記自己是醫生，還一遍遍的拍我的背。

「……大夫，別拍了。」我現在覺得嚴正的清官比貪官汙吏可怕多了。當然我知道，這比喻一點都不適當。「你拍得我更想吐，再吐只能內出血了……」

另一個大夫走了進來，我還沒看到他，只覺得突然可以呼吸。

唔……像是純氧充斥我這個陰暗的個人病房，帶來足以呼吸的力量。我知道他姓楊，楊大夫。並不是第一次看到他，但是很奇怪的，我不是很喜歡他……卻不自覺的願意信賴。

「楊學長……」吳大夫滿臉想哭，皺著臉扶我出去。真受不了他這種孬樣，又不是我要出殯了。

聞了聞我的食物，楊大夫皺眉，「還是沒辦法吃肉？」

我的胃一陣劇烈的翻滾，又衝進洗手間。

「這是素的呀。」吳大夫更惶恐了，「夜書這樣不行的，他有明顯的營養不良……」

「鍋子沒有刷乾淨。」楊大夫搖了搖頭，「學弟，你不是只有姚夜書一個病人。先去巡房吧，我跟他談一下。」

吳大夫沮喪的走出去。我趴在馬桶上，坦白說，我也很想跟吳大夫一起逃跑，我一點都不想跟楊大夫單獨相處。

他拿下眼鏡，目光灼灼的盯著我的背。別問我怎麼知道，我就是知道，而且有種強烈的不適感。

「已經過了不少時間了，你的傷還沒好嗎？」他沒頭沒腦的來這句，我卻聽懂，並且發寒。

「……幾秒鐘的經過，可以變成一輩子的傷害。」我冷下臉，開始刷牙，洗臉。洗掉嘴裡的苦味，而且雪白泡沫裡頭不再有烏黑，我才能夠安下心來。

走出去和他相對，他望著我，讓我覺得有種空白感。

「那個女鬼給你的影響太重了。」他長嘆一聲。

他果然知道些什麼吧。「你怎麼不說，我被她侵蝕的太深？深到連容貌都變了？」

楊大夫看著我，莫測高深的。「……我會交代廚房，你的飲食特別做，絕對不會有葷。」

真奇妙，他刻意避開「肉」這個字。「咯咯咯咯……」我突然笑起來。

都到這種地步了，我還怕他收拾我？雖然我也很本能的知道，他要對我怎麼樣，這樣被鬼魅侵蝕得傷痕累累的瘋子，也拿他沒辦法。

「為了你的健康著想，趕緊跨越飲食的障礙吧。」他走了出去，帶上門。

真是輕鬆的一句話。跨越？你怎麼不去啃屍體看看，還是軟爛得像是泥漿，上面滾著蛆的屍體看看？

啃上一口，你將來還吃得上肉我隨便你。

「咯咯咯咯……」我啃著指甲笑了起來，望著自己越發白細的手指。

我知道，身體有些變化發生了。被厲鬼纏這麼久，我沒死應該是我的怨念比她還深，我還想寫作。但是她的鬼氣影響了我，也把她生前的容貌不自覺的「刻」在我這兒。

無法進食使我消瘦蒼白的像是一抹影子，但是皮膚越來越細，五官越來越柔和，照鏡子的時候，我也常覺得像是在看陌生人。

長什麼樣子不重要，我的手指還在，眼睛還看得見，我還能寫。

當然，我的確被這樣的命運玩弄了。那個厲鬼雖然讓陰差帶走，但是她留下的「禮物」也讓我不大像是個人類。

每天自由活動的時候，從樓上走下來，經過普通病房，原本囂鬧的輕症病患會突然安靜下來。張著驚恐的眼睛，畏縮的等我經過。

人類求生的潛能是很強韌的。

他們本能的會害怕，會恐懼。恐懼我這個鬼氣森森的瘋子。

雖然他們也是。即使心靈破碎，他們人類的本能還在，知道要避開、要躲。我真的能夠體諒。所以，我安分的經過普通病房，走入花園，享受一下陽光，不會去找誰交談。

我所在的病棟是病情比較輕的，可以自己打理生活。大部分是憂鬱症或躁鬱症患者，還有些輕微精神分裂的。很少有激動的病人，頂多就是喃喃自語，規律的轉來轉去，搖晃身體。

當然，還有那種完全正常，靠家裡有幾個錢，用什麼精神鑑定逃避刑責來「度假」的公子哥兒。那種的會自己混成一堆，在角落邊抽菸邊發牢騷。也跟我一樣，擁有自己的個人房，聽說還有設備堪比五星級旅館的……不過也只是聽說，我沒去參觀過。

他們不敢惹我，我不想管他們。

瞇著眼睛，我享受著陽光的溫暖。但是在這樣宜人的冬陽下，我卻看到了一個不該出現的人。

詫異的看著他。他很輕鬆的獨處，有種斯文而內斂的氣質。指甲修剪得整齊，頭髮一絲不紊，很有條理。雖然嘴角有些嘲笑的意味……和那些公子哥兒滿像的。

像我這樣待在精神病院一陣子的人，可以用直覺區分哪些人有問題，哪些人又是正常人——我是說外表的心理上。

他並沒有發瘋。

但是那些公子哥兒躲避他跟躲避我一樣。

這意思是……其他人也看得到他？這怎麼可能？

因為，他是我夢裡那個廚師。

＊　＊　＊

後來我才知道，他是我的新鄰居，住我隔壁。我做那個逼真的夢時，他剛好搬進來。

很巧？

其實還有更巧的。

他會到這個精神病院來，是因為……他跟一個女同學去露營，發生山難，為了維生，他把女同學的遺體給吃了。經過訴訟，因為精神鑑定，被判定是精神極度衰弱，無行為能力，住院治療。

當然，這是表面的消息。你問我信不信呢……？

我信他是吃了那個女同學，是不是遺體我就不敢保證。因為他的身邊站了好幾個黑忽忽的影子，我又分不出哪個是他的女同學。

啊？鬼魅沒辦法站在太陽下？對，鬼魅不行，但是倀鬼可以啊。你不會連這個都不知道吧？

之後我和他在自由活動的時間遇到一次，他看了我幾眼，然後他的倀鬼飄了過來……

我開始背九九乘法表。我想你看到這裡一定笑出來，笑也沒關係，當初地基主（現在是我倒楣的讀者）教我這個辦法時，我也捧腹大笑。

但是倀鬼卻連連後退，一步也沒辦法接近我。

理性和秩序，一直都是鬼魅畏懼的屏障。

他訝異的深深看我一眼，我也微笑著瞅著他。之後我們就沒有什麼交集了。

只是很不幸，現實可以避免，夢境實在無法控制。

我又做了相同的夢，那個可憐的頭顱轉過來，還是吳大夫的腦袋。我陷入深深的思考。

我相信，這個新鄰居不是瘋子，他很清醒，甚至享受吃人肉的感覺。看他身上帶著五個倀鬼，就知道他一直隱密而貪婪的維持他的嗜好。

這個夢到底是不是預知，我不曉得。但萬一那個傻瓜吳大夫這樣被吃掉了，我會不舒服。

你知道的，天真溫柔的好人比罪大惡極的壞蛋難應付太多，我可不希望吳大夫成了倀鬼，卻天天來盯我吃飯。

我伸手，摸著那個頭顱。嗯，改成我的模樣吧。我比較會應付這種人。

那顆頭顱很聽話的，變成我的模樣。

清醒以後，我眨了眨眼，馬上翻身奔向筆記型電腦。

地基主馬上湊了過來。她被分配到這個精神病院本來是相當哀怨的，其實遇到我，她應該更哀怨一點才對。但是她很奇怪的，自動的加入我的讀者群，而且被折磨的歡天喜地。

「走開點！」我寫稿的時候脾氣向來暴躁，「擋著光！」

她悲傷的垂下眼睛，一步一蹭的，蹲到牆角發出鬼火。

幹嘛呢？她好歹也算世家小姐，在日據時代受過高等教育。如果你想知道她長什麼樣子，不妨去網拍看看有沒有〈人間四月天〉，大約就是那種五四憤怒青年……

好吧，五四女青年。

堂堂一個五四女青年做什麼把自己弄得像是怨靈呢？神格再怎麼不高，也是個榮譽職的地基主啊！

不想理她，我對著空白的word發了一會兒的呆。「……來吧，告訴我。」喃喃自語著，「那天山難的真相。」

腦海翻騰、洶湧。在空白中，影像連結。我像是看到那個女孩背著紅色的登山包，和心儀的男同學在火車站會合。

她的臉頰，帶著羞赧的紅暈。卻不知道，這是一條通往不歸的黃泉路……

我幾乎相信自己看到了事情的始末，甚至看到那個偏僻杳無人煙的山谷，她驚愕的表情凝固，頸動脈讓閃亮的小刀劃過，汩汩的流出血。一個小鍋放在她的傷口邊，接著。

很可能不怎麼痛苦。因為這個加工的山難，起因是一罐特別加了安眠藥的飲料。

她被支解的很乾淨，大概連死因都難以查出來吧？畢竟她就剩下一個骨架了。那個廚師……完全發揮野炊的本事，動作那樣的熟練。

我將這篇中篇小說寫完，馬上往部落格一貼。當然，我這種瘋子的部落格會充滿了謾罵和侮辱，我向來保持沉默。替我辯護的，我也不會表示感激。

但我依舊是點閱率第一名。這表示許多人會看這個瘋子的部落格。

這篇血腥殘忍的小說是宣戰、也是挑釁。更是我收集情報的手段。這樣轟動的大案子居然只是送進精神病院，嗜血的媒體一聲也不吭，我收集不到任何資料。

而且，我沒辦法離開這裡。

所以我只能織下一面華美的網，然後等。

挑釁很成功，新鄰居陰霾的看著我。他原本輕鬆而嘲笑的態度消失，半仇恨半食物的打量我。我想，他看到了我的小說，也在夢境接收了我的修改。

我忍不住，發出「咯咯咯咯」的笑聲。他的倀鬼，居然發顫了。

而我的網，也被觸動了。

許久沒有訪客的我，來了一個美麗的訪客。

她皮膚很白，神情憔悴，但還是很美。我不是說五官，她有種堅強不屈的意志，但不外露。一身的黑，我想是喪服。

「你……」她遲疑了片刻，「你是姚夜書？」

我斜斜的看著她。瘋狂宛如洪水，即使退去也猶有痕跡。我知道我的神情看起來不大正常。

「對。」

「我……我在網路上看到你的文章。」她強忍住淚水，「你知道什麼？你怎麼知道我妹妹去爬山的時候背著紅色的登山包？」

「巧合。」

「那你怎麼知道……」她的聲音在顫抖，「你怎麼知道……她的腿……摔斷了？」

「也是巧合。」其實我比她還訝異。

「你連她出發的時刻都說對了，這也是巧合嗎？」她的聲調變尖，「沒有一家報紙刊登，網路新聞也只有三行不到的報導！你怎麼知道的呢?!據我所知，你自從發病以後就被關在這兒沒有離開過了！」

很聰明。我暗暗的稱讚。在來之前，她應該做過功課。

「那妳知道我是什麼病吧？」咯咯的笑起來，「瘋子有正常人沒有的清醒。」

「這是真相嗎？這就是發生在我妹身上的事情？」她痛苦莫名，再也忍不住眼淚，「她還那麼小……她才剛上大學……」

思考了一會兒，「……我不知道。」我坦承，「不過，或許妳可以幫我的忙？」沒辦法，我關在這兒哪裡也不能去。

「我不關心妳用什麼方法。」不自覺的，啃著指甲。「我要一份名單。他身邊一定還有親朋好友失蹤了。」我比了比，「除了妳妹妹，還有四個。從小到大，我都要。」

「誰？」她停住哭泣，「曹錚然？」

從她說出這個名字以後，氣溫突然降低很多。文字、名字，都有種奇怪的魔力。像是古琴突然粗暴的一晃，發出石破天驚的聲響。

錚然。

「對，就是他。」幽幽的笑著，我知道會客室外面有倀鬼焦躁的悠轉。被吃掉的人臣服於啖食者，他們用一種盲目的忠心為主人傳遞消息，尋找食物。

「我要他們的名字。」

那位憂傷的美麗訪客辦事效率很好，當然我不知道她是作什麼的，這不重要。重要的是，她不到一個禮拜，找到了另外四個名字。

一個名字，一條命。

有曹錚然的小學老師，有他的兒時鄰居，一個國中同學，一個大學同學，還有一個很特別的，曹家的廚師。

廚師？哦，原來如此。

第一個失蹤的，是廚師。然後兒時鄰居，小學老師、國中同學，最後是大學同學。

美麗訪客調查的很仔細，甚至留下失蹤的大概時間，還有每個被害者的背景。厚厚一大疊，甚至連曹錚然的家庭都調查的很清楚。

我不知道她怎麼辦到的，實在也不關心。但是這批資料讓我很有得消磨時間。

廚師在曹錚然出生前就在曹家工作。個性太害羞了，沒有娶妻。稍微對照一下就明白了，曹家產業極多，注意，產業，不是事業。曹家父母雖然庸碌，但和一般的家庭沒什麼兩樣，可能富裕些，但也就這樣而已。曹錚然一直都是個資優生，雖然是獨子，卻沒讓父母操過什麼心。

一個富裕的家庭雇用廚師不算什麼不尋常，但是曹家算是簡樸了，頂多請個菲佣。雇用廚師是因為他們一家子都愛吃。

廚師不告而別是曹錚然國中的事情，之後曹家沒再請廚師。

誰下廚？

很意外的，居然是家裡的獨子。

看起來不太合理。但這個「貼心」的孩子將廚房看成他的王國，算是他繁忙課業外的一個小小嗜好。

他的父母到底知不知道他的真正嗜好？我敲了敲桌子沉思片刻……應該不知道。

這個聰明的傢伙，每步後路都想到了。若是父母知情，乾脆把女同學拐回家宰了不是乾脆？幹嘛去荒山？荒山野炊到底不如家裡完善的廚房。

如果沒人知覺，最好。被發現了，可以說是山難。他算得滿精細的，只是沒想到那樣人跡罕至的山谷，來了一批外景隊。不是不能遮掩，只是比較難。

資優生的「殼」讓他的父母盡力搶救，但是他也沒算到……

這個精神病院，還有我。

這裡可能是個監牢。托著腮，我望著窗外搖曳的樹影。對許多心靈破碎的人來說，更是煉獄。

但不管是監牢還是煉獄，這裡都不是屠宰場。

再說，我在這兒取材。還沒見過食人魔呢，我要好好的將這段經歷記下來，寫進小說裡。

興奮的打開筆記型電腦，我知道我在笑。經過門外的護士像是跌了一跤，慌慌張張的跑過去。

是的，我知道。在暮色低垂的逢魔時刻，這樣的笑聲，很恐怖。

* * *

四個名字，四條命，也是四個故事。

一個禮拜寫一篇，編輯的臉都綠了。他哀叫著這實在太血腥，無法出版。

「我寫好玩的。」輕描淡寫。

的確只是為了有趣。因為曹錚然看我的表情越來越陰沉，越來越狠毒。我知道他被我逼得很緊，緊得神經要斷裂了。

我懷著一種有趣的心情看著他的變化。我很好奇，真的很好奇。在這個監牢裡，他打算怎麼做。我們的行動都是受限的，隨時有醫護人員可以打擾他的行動。他可能有幾隻倀鬼可以幫他，但是頂多傳遞消息，通報「食物」的去向。

或者迷惑「食物」。

但是連接近我都做不到，怎麼迷惑呢？

他在等，我也在等。

我的訪客變多了。這些被害者都有親愛的人。他們從各種管道，直接或間接的來找我。連害羞的廚師都有他白髮蒼蒼的母親來訪。

被害者家屬的悲泣和怨恨越來越高，倀鬼也越來越弱。

到這種地步了，我什麼也不怕。瘋子擁有正常人不會有的清醒。我的心靈已經破碎過，而曹錚然，他沒經過這種痛苦，所以他不堪折磨。

就在第四個故事貼上部落格，第二天的自由活動，曹錚然和我不期而遇。

他望著我很久很久，走了過來。「……我們不該是敵人。」他仔細看著我的表情，「我知道你。我們是同類。」

「不對。」我瞇細了眼睛，笑笑的，「我是瘋子，你不是。」

「瘋子是別人的定義。」他不耐煩了。

「我承認這點，我的心靈的確破碎。」我盯著他的眼睛，「但我是生物，你不是。」

他沉下臉。「什麼意思？」

「本身生存沒有遭受威脅的時候，」我輕輕的湊在他耳邊說，「生物要維護種族的繁衍，連草履蟲都知道這個鐵則。」

離他遠一些，斜著眼睛看他，「你連草履蟲都不如。」

他看著我，怨恨像是屍毒一樣翻湧，帶著聞不到的惡臭。「你這個吃過親人屍體的瘋子有資格說這種話嗎？」

「吃人很酷？」我並沒有被打擊到，反而咯咯笑起來，「表示你高人一等？」

「你這種人渣不會懂的。」他帶著冷漠的厭惡，「我以為你會了解我。」

「我在你眼中不過是食物，何必呢？」

「你不懂……那種含著魂魄的美味。」他冷笑，眼中有種狂熱，「你不懂的。」

「這裡是我的地方。」我轉身，「沒有你的廚房。」正常人若是這種德行，我還是繼續當瘋子好了。

當然這次的「談判」，等於是破裂了。

人為什麼要吃人？

翻著網頁，我在許多資料中間穿梭。當然有很多緣故。比方說是飢餓，刑罰……珍奇或誇耀。

飢餓是沒辦法的事情。這很殘忍，卻也很無奈。為了種族這個大題目的延續，吃人，理性沒辦法消化，但是可以諒解。但是我想到的卻是……

易牙烹兒。

那個歷史上第一個大廚師殺了自己的孩子給君王吃。為什麼？那不是飢餓所致。廚藝上的珍奇和誇耀嗎？

在沒有飢饉的世代，人的生命很沉重。不僅僅是人的個體，而是人的執念、社會關係親屬表、父母兄弟姊妹親人朋友愛人……一重重、一疊疊，取走一條命，就要負擔悲哀。

太重了。我想是我個性軟弱的關係，所以沒有辦法這麼乾脆俐落的說殺人就殺人。連天真又笨的吳大夫，我都不希望他莫名其妙的下了鍋。

再怎麼瘋，我還是個人。這個認知讓我嘆息起來。

「……你到底有沒有聽到我說話呀！」地基主哀叫起來，我散漫的精神終於集中。

「我昨天才寫新的，今天就要催稿？」我幾乎有點厭恨寫作了。快要三個禮拜沒有好好睡，腦袋嗡嗡叫。「我玩得太久了，接下來要交出版社的功課。妳得讓我想想……」

「歷史」就寫在時間裡，召喚很容易。但是虛幻的「靈感」是非常折磨人的小東西，你不知道幾時才可以捉到她。

「誰跟你講要催稿呀！」地基主拚命搖著我的膝蓋，「你快出院去吧，別在這兒了。你知不知道隔壁那個可怕的人，戾氣有多重……」她縮了縮肩膀，打了個冷顫，「你不想出院，也請個假躲躲。反正他快轉院了……」

「他要轉院？」我睜大眼睛，他不會這樣甘願放手。在轉院之前，一定會鬧點事情。「那我更不能出院了。」

「你……」她清秀的臉孔皺成一團，「我的姚大，求求你……鬥什麼氣呢？他這個人邪門的很，犯得著跟他鬥嗎？他有五個死得淒慘的厲倀鬼……」

「我有一個榮譽職的地基主。」我漫應著，「決定就是妳了，上吧！地基主！」

她氣得發噎，叫了起來，「我修行不到百年，你要我去對付誰呀？老實告訴你，我分來這個管區第一天就哭了一夜。你也知道這鬼地方名符其實，破碎的心靈容易召鬼魅，這兒的陰氣比墳場還陰呢。更不要說有人帶著冤親債主來……」

越說越傷心，她乾脆哭起來，「我一個嬌弱姑娘家怎麼拘得住？是四方鬼神經過加減照應，才沒鬧出大亂子。現在來了個戾氣擰出來的吃人狂，加上那五隻倀鬼，什麼大傢伙都想來分杯羹，我怎麼保得住你？」

橫豎不就怕我不寫？我寫就是了，值得哭麼？「萬一我掛了，剛好天天沒事寫給你們看，那不更好。」

「哎唷，我的姚大。」她乾脆趴在我身上哭，「你若掛了知道分到哪區去？記不記得怎麼寫還得參詳參詳呢。留著命，就還有故事看，你若真的掛了，雞飛蛋打，何苦金石俱焚哪……」

……沒想到還有這麼體貼的讀者呢。雖然她死了快百年了，我還是滿感動的。

「妳還沒嫁人呢，我又不想冥婚。先下來好嗎？」我很無奈，「我知道了，該請假我會請假……」

當然，我在敷衍她。我總得知道曹錚然的動機，對吧？不然怎麼把壞人寫得活靈活現呢？萬一在取材過程出了意外，變成無限期外出取材……那也是命。

誰讓我這麼愛寫作呢？

*　　*　　*

說也奇怪，要轉院的曹錚然，安分得有點過頭。這段時間相安無事，甚至恢復那種泰然自若的模樣。莫非我那幾篇故事嚇住他，讓他覺得靜待風頭過去比較理想？

這反而讓我有點遺憾。若不是在這兒逮住他，他去了別的地方，那就沒機會了。也罷。讓我眼皮下安靜就是了，誰又是救世主，管得著天下事？那是神明的範圍，我管不了那麼遠。

明天這傢伙就要走了。也好，我剛好靜下心來好好想想出版社的功課……躺在床上半睡半醒的，突然覺得意外的安靜。地基主呢？她成天聒噪個沒完，難道也知道沉默是金的道理了？

門戶一響，我轉頭，是吳大夫。

都幾點了，三更半夜跑來做什麼？「晚餐我可是吃了，你別逼我吃。」經過那幾秒的驚駭，吃東西對我來說真是折磨。「今天值班嗎？幹嘛跑來？」

吳大夫呆呆的走過來，坐在我床沿，低著頭。「……剛有急診。」

看他的神情，大概又死了哪個病人。我不想扯這話題，「忙完了？忙完早點回去睡吧。」

「夜書，剛有一個厭食症患者過世了。」在黑暗中，他嗚咽起來。「我好怕你也這樣失去年輕的生命……」

「我有進食好嗎？」真不會應付這種哭哭啼啼的人，「快回去休息……」

躺在黑暗中很久了，我的視力已經適應。望著他模糊的身影，我突然有種違和感。他有點怪怪的……

仔細端詳，從臉到肩膀、到手臂……撈了一把，漂蕩的左衣袖告訴我，那是空的。

輕輕的開了檯燈。他的衣服穿得整整齊齊的，但是左衣袖空空蕩蕩，滲出一圈血跡。

嚥了嚥口水，我覺得嗓眼發乾。他的左手臂被切下來，但是他似乎沒有發覺。自顧自的說，「夜書，我要把你醫好。你連豆類食品都不怎麼吃……因為嚼起來像肉。你知道每次看你的檢查報告我都很傷心嗎？你一點一點的衰弱下去……就跟那個可憐的女孩一樣。我若強迫她一點就好了……最少她不會死……」

我想喚醒他，或者是幫他止個血什麼的也好。但是他一面喃喃自語，一面用古怪的惡意看著我。

該死的。破碎或脆弱的心靈容易招來鬼魅。我以為換了頭顱就可以避免……結果吳大夫還是中招了。

他被倀鬼附身。因為他還不知道自己失去了左臂，所以沒有大出血。一醒過來……我對這個該死的精神病院沒有信心。

「然後呢？」我接腔了。

吳大夫發愣了一會兒，用如在夢中的語調說，「我認識一個很棒的廚師。他說可以治好你的厭食症。」

「那好。」我穿上拖鞋，「我們這就去找他吧。」

出來混的，早晚都要還。

我腦海出現這段經典對白時，深深感到自己看了太多電視了。我本來以為不會讓吳大夫下鍋，但是他沒有整個下鍋，卻下了一隻手臂。

太托大了。

畢竟我不是道士，沒辦法把倀鬼驅出去。斜斜看了他一眼，發現他還在碎碎念，又覺得還是讓倀鬼留著吧。我是小說家，不是護士也不是醫生。我對止血和應付休克實在沒皮條。

夜晚的精神病院非常陰森，樹影一陣陣譁然。映在窗上，像是許多手臂。

怕？我不怕。我想反而是陰暗需要懼怕我。我是身有鬼氣的活人，清醒的瘋子。秩序和反秩序，都讓鬼魅不能理解，不理解就會怕。

最少附在吳大夫身上的倀鬼很怕。

穿越整個醫院，靜悄悄的。這很不尋常……但是我比較憂慮斷了手臂的吳大夫，還有不見蹤影的地基主。

我們到了醫院的廚房。

這個廚房要供應整個精神病院，自然不小。有個爐子開著火，正在熬一鍋湯。我聞到味道，卻沒有吐。

這是取材的一部分，我在取材的時候，是不會有什麼不舒服的。

「大廚會治好你的。」吳大夫喃喃著，帶著夢遊似的恍惚。

我看著正在喝湯的「大廚」。曹錚然俊秀的臉孔，在慘白的日光燈下有些猙獰。

「這是個富裕的時代，你缺乏某種蛋白酶？」我覺得困惑。

「因為好吃啊。」眼鏡蒙著霧氣，他將湯匙遞過來，「嘗嘗看？」

望著在湯匙裡載沉載浮、燒得腫脹的手指頭，「不，謝謝。我吃素。」

我早就知道人肉的滋味了。

他笑了笑，「其實我不想吃你。」他挑剔的看了好一會兒，「感覺上就是很難吃。」

我也對他笑了笑。

「但是我覺得不吃掉你，我的氣不會平。」他的笑容越來越惡意，「其實我比較想吃他。」

繩子像是有生命一般，將我捆了起來。我知道大約是哪個倀鬼所為，但是不重要。

「喂，曹錚然。」我毫不在乎的被捆緊，「我想知道你怎麼挑食材的。」

他挑了挑眉，似乎有些意外。「我喜歡吃乾淨的人。」

「我可是天天洗澡。」我咯咯的笑起來。「聊聊吧。只能暗暗的吃不是很無聊嗎？你一定也很想說些什麼吧？」

曹錚然踱過來，輕輕的將我的臉推到某個角度。「你想拖延？」他讓我看著一個供桌，這是祭祀地基主的，但是充作香爐的米杯倒插著三枝香。

我說呢，這個聒噪小姐怎麼安靜了，原來被拘在這裡。

「你博學甚廣。」由衷的稱讚一句，「但我還是滿想知道的。這世界上的人這麼多，你怎麼挑你的對象？方便？順手？」

「聰明的腦袋，純潔的靈魂。」他開心的拍拍我的臉，「不過我不會吃你的腦漿，壞了。」

「所以先吃你家廚師嗎？」我笑眯眼睛，「先吃廚師的腦漿？」

「拿來蒸蛋真是絕等美味。」他舔了舔嘴唇，牙齒閃閃發亮。

他的齒列很整齊。「不會腥了點嗎？」

「加點酒去腥。」他平靜的像是在討論尋常菜單。

「一開始，怎麼會想到這麼不尋常的食材呢？」我是真的很想知道。

「其實呀，我一直有個疑惑。既然什麼都能吃，為什麼只有人不能吃呢？」他很認真的跟我討論。我猜他憋很久了，要找到一個能夠跟他討論不嚇昏的人很難。

「人本來就是人的食物。你可以看看歷史。軍人吃百姓，貴族吃平民。吃人不是什麼特別的事情，古代還有所謂的菜人呢。古今中外都有這種例子，現代卻用什麼道德壓制，不是很可笑？這無關道德吧？食物還有什麼道不道德的？真要講道德，連植物都是生命，我們不能剝奪喔。」

他果然滿聰明的。我點點頭。

「弱肉強食是世間的法則。」他拿起大勺子，撈出燒爛的手臂，「瞧，落到我的鍋裡，這不再是人類的手了，而是……」他的眼神出現殘酷的歡欣，「一蹄。」

我看了他一會兒，咯咯的笑了起來。

「我說得不對？」

「因為，會痛啊。」我望著虛空，「拜託把那個手臂扔回去，我看了就痛了。」

「真娘。」他輕蔑的撇嘴，把手臂扔回湯鍋裡。

「我想大概會下鍋吧。」輕嘆一聲，「不過，我希望達成一個願望。」

曹錚然收起笑容，狐疑的望著我。他望望被拘住的地基主，和依舊夢遊似的吳大夫。又低頭想了想。「……什麼願望？」

「我想說故事。小說斷頭不舒服。我不想變鬼了還留下殘念。」

「給你十分鐘。」他警戒的退後一點。

微微笑了笑，「徐阿明，不要動！」我對著附在吳大夫身體裡的倀鬼輕喚，「我說個故事給你聽。」

其實，是五個故事，說給五個倀鬼聽。故事都很短，這種極短篇最難寫了。幾百個字就要完成有頭有尾有滋有味的故事，簡直是考驗作家的功力。

但我可是連鬼都殺不死的小說家。

說完了五個故事，當然超過十分鐘很久了。曹錚然呆呆的，他幾次動唇想說話，卻又陷入著迷的狀態。

我將頭轉向他，柔和的喊，「曹錚然，不要動！」他這樣聰明的人，我該說什麼故事給他聽呢？

真的、真的很值得興奮。尤其是他的目光恐懼到極點，卻依舊深深著迷的模樣，讓我快樂到閉上眼睛。

「這是專屬於你的，只為你說的故事。」我睜開眼睛，溫柔的看著他。「你知道嗎?倀鬼不是只會讓老虎驅使。他們還會臣服在戾氣極重的人腳邊。」

他呆滯了一下,馴服而狂熱。

我說了一個倀鬼的故事。有五個人被一個戾氣濃重的人吃了。他們呆滯的變成那個人的鬼僕,馴服而乖順,從來不會違抗乖戾的主人。

「但是倀鬼有個罩門。」我低低的說著,「很致命的罩門。」

曹錚然似乎有點警覺,他無力的掙扎起來,卻一點聲音也出不來。像是被捆起來的,是他,不是我。

「倀鬼不能有名字。這個主人的名字非常好,是個金石交鳴,驅邪鎮妖的名字。為了讓這種距離更絕對,他拿走了倀鬼們的名字。很不巧的……一個發了瘋的小說家,在他的面前……」我頓了頓,「把倀鬼們的名字還回去了。」

聲音越來越低,越來越低。「你知道為什麼不能吃人嗎?因為會痛。因為別的人,是你這個人的鏡子。別人的痛楚,有時候會把魯直的大腦弄混了……『感同身受』。」

清醒的倀鬼一步步的走向他們不幸的主人。記憶裡的每一點痛楚慢慢的回憶起來。

大腦其實是一種魯直的東西,常常會傳遞錯誤的訊息。就好像倒在地上像是在殺豬似慘叫的曹錚然。根本沒有刀刃砍他、沒有沸湯燙他，但是他卻必須承受四個倀鬼給他的所有痛苦和無助。

他大約沒辦法再吃任何人了……恐怕連離開這個醫院都有問題。對這個社會來說，倒算是好事一件。

「會無盡循環這種痛苦喔。」我殘忍的加了一句，「直到陽壽盡了為止。」

我沒算錯，是四個倀鬼。徐阿明還附身在吳大夫身上，笨拙的幫我解繩子，沒有加入混亂中。

吳大夫茫然的蹲在地上，我也陪他蹲著。心裡一陣陣的感到悲哀。

他的手已經燒爛了，又不可能長出另一隻。當然我也想過，說不定我可以說出這樣的故事，但是我像是被掐住喉嚨，一個字也說不出口。很煩躁，非常煩躁。

少了一隻手，他將來怎麼辦呢？醫師是當不成了，你讓他再去做什麼好？他還這麼年輕，就少了一隻手臂……我連看都不敢看。

因為痛，非常痛。

非要有個結局不可。天要亮了，他一定要有個結局……

「……車禍。」我終於說出可以說的結局。「你遭到一場嚴重的車禍，失去了你的左手臂。但是，你失去了一隻手臂，卻不妨害你得到幸福。」我很認真的，一字一句的磨出故事。

「你還年輕，血還很熱。一切都還來得及。哪怕是只有一隻右手，你也能夠攀住青鳥的翅膀，得到真正的幸福。」

這是我能力所及，損失最低的結局了。

我不知道他聽懂了還是聽不懂，有些焦慮。他瞅著我看了好一會兒，「夜書，多少吃一點。你……」他用如在夢中的神情說，「你也要幸福喔。」

在倀鬼的扶持下，搖搖晃晃宛如酒醉，他走出了醫院。

又蹲了半晌，才去拔了倒插的三柱香。

我好累。我真的好累好累。倒在床上，幾乎是立刻睡著。你可以說我在逃避，這個時候，我完全不會反對你的意見。

＊　＊　＊

在我睡夢中發生了很多事情，但是我用睡眠逃掉了。睡醒的時候，我知道了本來就知道的事情：曹錚然被送到重症病房，吳大夫車禍，失去了左臂。

但是我這樣虛脫麻木，什麼都不想管。

「……我把吳大夫的手臂藏起來。」地基主憂慮的看看我，「等他百年之後，還他個全屍。」

「哦。」我不大感興趣。地基主是舊時代的人，還相信什麼全不全屍的。活著沒了手臂，那就沒有了。保留一段枯骨做什麼？

不過我什麼都不想說，不想做。只是呆呆的看著窗外，看著日影緩緩移動。寫太多，說太多，我把所有都耗完了，整個人都是空的。

我大概受了無形的傷，花了一些時間才復原。

等我快復原的時候，又有個訪客來找我了。

很意外的，是吳大夫。他裝了一隻義手，我依舊覺得痛。

「這個？」他舉了舉義手，「還好啦，沒有想像中的不方便。」還是滿臉傻瓜似的笑，「夜書，你有沒有好好吃飯？」

「管你自己就好啦！」我突然暴怒起來，「你管我吃不吃飯！」

「會生氣了呢。」吳大夫笑瞇了他的阿呆眼睛，「你一直把情緒悶在心裡，老是面無表情。這樣，不算是痊癒啊……」

我真是他媽的可恥，為了這種笨蛋掉眼淚。

吳大夫一直笑嘻嘻的，根本沒看我哭得稀里嘩啦，跟我說他跑去一家私人高中當心理輔導老師，日子還滿好的。

「其實，手斷掉的時候，我突然鬆了口氣呢。」他微笑著，眼神朦朧，「這樣也是不錯的結局。我不希望變成冷漠的醫生……但是繼續待在這兒，我早晚會變成那樣吧？在變成那樣之前，逼我畢業，也算是轉捩點吧……」

……我幹嘛為了這種呆子哭？但我就是……停不下來。

後來，我通知了那位美麗的訪客，要他們去曹家庭院的大樹下挖掘，挖出了一堆碎骨。傷心欲絕的被害者家屬本來想提起告訴，我勸他們來看看曹錚然。

後來怎麼樣了，我不知道。畢竟我被關在這裡，消息不太靈通。

但是夜深人靜的時候，距離遙遠的重病病棟會傳來極端痛苦和恐怖的哭嚎。聽著聲音，有些像曹錚然。

咯咯咯咯。其實我覺得還滿好聽的。

第三話　陰差

鐵鍊的聲音，從走道拖過去。冰冷的讓人的心臟都為之結冰。

「我來帶你走。」

這也是一種必然。

「讓我為你說個故事。」咯咯的笑聲響起，像是喪鐘迴蕩在這個監獄裡。

我從很小的時候，就常常發呆。我媽覺得很憂慮，總是不讓我離開視線太遠。或許是年紀太小了，所以並不懂看到什麼，只覺得這個世界為什麼這麼擁擠而吵鬧，我們明明住在非常安靜的山村。

等我上了幼稚園，幾乎是無師自通的學會了國字，就一頭栽進文字的汪洋中，閱讀成為我生命中最重要的事情。或許是知識成為一種屏障，擁擠和吵鬧也在漸漸發展起來的智能中消失了。

我還是常常發呆，但不是因為有什麼聲音或影像干擾，而是我在心裡彌補或完成故事書裡的遺憾，或者是發展結局之後的情節。

或許在我還不知道什麼叫做寫作時，就已經註定要狂愛寫作一生吧。

當然，現在也是，從來沒有改變過。但是我的心靈破碎了，簡單說，我發了瘋。因為這些破碎的縫隙，知識再也無法成為完整的屏障，所以赤裸裸的和這個世界的真實互相窺看。

也和童年時幾乎消逝的回憶比對著。

山村的居民雖然不是很多，也有幾十戶人家，幾乎都是親戚。輩分早就糾纏不清，阿姨姑姑叔叔舅舅亂叫一通。我還記得從山村最大的那條路跑過去，可以從村頭跑到村尾。陽光嫻靜的相隨著，還有同伴愉快的笑聲。

陽光，一直是我最美好的依戀和記憶。直到現在，有陽光的日子都可以讓我莫名覺得愉快。

但是夜晚，尤其是冬至前後的夜晚。我常常在夢境裡驚醒，聽到鐵鍊拖曳的聲音。

那時我幾歲？三歲？五歲？我記不清了。但是那麼小的孩子為什麼會知道是鐵鍊的聲音？

和歡快的陽光相反，夜是這樣寒冷而幽寂。在清冷的呼出白氣的夜裡，村犬憂戚的吹著狗螺，像是有著什麼恐怖的東西在村裡遊蕩。

我聽了一會兒，從媽媽溫暖的懷抱裡爬出來，掙扎著幫自己穿上小外套。悄悄的走出去。真奇怪……在那還不識字的童年，知識來不及保護我，原本夜晚也該有人逛蕩的山村，卻空曠的沒有任何人影。

只有狗兒紅著眼睛，低低吠著。跟著拖曳鐵鍊的聲音，在蒼白的月光下，一陣陣的吹著狗螺。

站在門檻上，鐵鍊的聲音越來越近，我也怔怔的看著越來越清楚的「人」。

他穿著黑色的衣服，翻飛著。一隻手拿著奇怪的「扇子」，但我還沒看過這種方方又小小的扇子呢。另一隻手，拖著又黑又粗的鐵鍊，嘩啦啦，嘩啦啦。

看到我他頓了一下。背著月光，我看不到他的臉。但我有種奇怪的感覺，他笑了一下，然後繼續往前走。

就在這個時候，我看到有樣東西從他懷裡掉下來，輕輕的噗了一聲。我跑過去，撿起來，發現是一本黑黑的書。但是書上還縫著線，很奇怪。

「叔叔！」我追上去，「你的書掉了！」

他似乎吃了一驚，轉過頭來望我，當時還小的我鬆了口氣。這個叔叔的眼睛好好的在眼眶裡，臉也很平滑。比起那些把我嚇到的奇怪叔叔阿姨好多了。剛看就覺得好痛，真的會嚇到我。

他只是白了些，眼睛是綠色的而已。

這個「叔叔」接過我手上的書，點了點頭看了我好一會兒。翻開那本黑黑的書，指給我看那一行。

「姚夜書　辛年七十四歲。」

事後我怎麼也想不通，那時候的我，還沒上幼稚園，還不識字。但是我卻看懂了這一行。

姚夜書是誰？我不認識這個名字的人。

「叔叔」收了這本書，輕輕的將我推向家門。然後拖著鐵鍊，繼續往前走，走到舅公家裡去了。

我回去睡覺，第二天，就聽說舅公在睡夢中過世。

＊　＊　＊

聽著在走道拖過去的鐵鍊聲，突然想起這段幾乎淡忘的記憶，彎了彎嘴角。

現在我知道姚夜書是誰了。

夏老說，作家把筆名用到誰也不記得真名，就算寫出頭了。我也算是寫出頭了，陰曹地府不錄我的本名，而是錄我的筆名。我該感到榮耀才是。

我猜，陰差正在這個醫院走動著，尋找陽壽已盡的人吧。但還不到我該去的時候。很安心的，閉上眼睛。

但我並不知道，凡事都有意外。許多意外的起因，都只是非常細微的緣故。

地基主在我的房間發出一聲非常尖銳的慘叫。

連日陰雨，我心情已經夠不好了，如果可以，我真的很想把她掃地出門。很可惜，我不能。雖然在她的地盤上，我好幾次真的把她踹出去，但是她總是滿臉眼淚鼻涕的抱住我的大腿。

幹什麼？看起來我像是無良男人在欺負少女似的！

沉著臉，啪的一聲把電腦一關。很不高興的面著牆躺著。

「姚大……」她顫著哭音過來拚命搖，「姚大啊～」

「沒小說！」我快氣瘋了……雖然早瘋了。「有沒有一點良心？有沒有?!寫不出來我就夠煩了，天天擠來我這兒逼什麼逼?!」

「誰跟你催稿啊？」她還真是哭得聲嘶力竭，「姚大，你怎麼這麼短命啊……」

擠在這屋子裡的鬼魅一起嚎起來，真是地動天搖，陰風慘慘。

「我會活到七十四歲。」用膝蓋想也知道這算是長壽了，哪裡短？

她啜泣著遞過一角文書。陰府拿人的時候都會客氣的發文書給在地城隍，城隍轉交當地土地，土地分發給地基主。

狐疑的拿過來看，上面寫著幾個人的名字，當中有個被地基主圈起來，「沈印生辛年二十五歲」。

看著很眼熟，這是誰啊……？

「哎唷，我的姚大，」地基主擤著鼻涕，「莫不是您連自己的本名都給忘了？」

可不是？這是我的本名嘛。

我的心猛然一沉。我壽終了？但是這怎麼對呢？我看過生死簿，上面有我的名字（哪怕是筆名），我該七十四歲的時候死的。

這算不算是行政疏失？這個時候，我真的認真想去當道士，好知道這當中的行政疏失怎麼折衝。但是也等我把小說都寫完……

我現在的煩惱是，我到七十四歲都不知道能不能把不斷生長出來的小說寫完。

「我不會死的。」思考了一會兒，「小說沒寫完，哪兒我都不去。」

聚在我房間的鬼魅獃住了，突然湊在一起吱吱喳喳開始討論起來。

他們可能討論的太大聲，剛剛開門的護士狠狠地倒抽一口氣，把門用力一關，然後傳來劈哩啪啦的巨響，我猜她可能撞到分藥的推車又撞到什麼爬著出去了。因為她一路哭著「有鬼啊～有鬼啊～」

這是精神病院，鬼當然很多，難道妳不知道嗎？

精神病有很多因素，心理生理什麼都有。當中也有很小的一部分是因為什麼冤親債主……就像我這個倒楣鬼。

這些纏了十年八年的厲鬼其實也過得很無聊。人類很像是擁有天生的保險絲，到了一個限度就會自動把保險絲燒斷，心靈一但破碎，發了瘋，就可以隔絕冤親債主的傷害。捨又不捨得走，留下來又無聊。

有的會在醫院裡飄飄蕩蕩，地基主查戶口覺得他們可憐，就建議他們看看小說。然後我就多了一大幫子冤魂厲鬼的讀者。

然後一個報一個，好康到相報，遠遠近近的讀者就多起來，要不是我脾氣差，趕人（？）毫不留情，發怒起來一個字也不肯寫，寧願腦子裡編，這些讀者才給我點安寧。

我會繼續維持那個老是被辱罵到爆炸的部落格，也是為了不要他們通通擠來我房間要小說。

「我看，找胡老爹來幫忙好了。」一個老鬼建議，「老爹修行比我們久，過百年了。上回他跟我要了稿子看，天天催我呢。我想他肯幫忙吧。」

「閻王要你三更死，誰敢留人到五更？」地基主還是愁眉淚眼的。

「沒這事兒。例外多著呢。」老鬼忙著說，「雞蛋再密也有縫，我就聽說過這類的事情。瞞過七天，陰差拘不到人是有罪的，得趕著回去受罰。下回再來，也就水來土掩，兵來將擋了……」

仔細想想，我的讀者對我也真的是夠好了。雖然可能白費心。

但是心意最重要，對吧？我沉重的爬起床，悶聲不吭的打開電腦，開始啪啦啦的打字。這次他們擠在我旁邊看我寫作，我就忍著沒趕他們了。

不過那個前世是書生的老鬼吆喝著，「擠什麼擠？什麼時候不能看非現在？該請人的去請人，該找人助拳的快去！留得青山在，不怕沒柴燒。真要鬧到雞飛蛋打？到時候姚大歸地府了，我們孤鬼兒搶得到麼？還不快去呢……」

我的心裡微微一動，卻又抓不到什麼頭緒。但是想想不禁啞然，我倒成了產柴的青山了……

咯咯咯咯……讀者真是種莫名其妙的生物。

我不知道那隻狐妖搞些什麼鬼，看到的時候還以為是道士呢。他在我房裡鬼畫符，還在我身上亂畫，一路畫到樓梯口。雖然不知道有什麼用，畢竟心意最重要。所以手腳不甚乾淨的摸走了我兩本書，我也沒說話，反而要地基主掏出他沒摸走的書致謝。

他看起來頗羞，跟我道謝的時候聲音結巴而顫抖。

我說，你們這些鬼魅山妖個個比我強很多，我大約不堪一根小指，碾也碾死。這樣口口聲聲稱姚大，講話還戰戰兢兢，到底是何必又何苦？我寫的故事不是最好的，為什麼這些讀者這樣拚命呢？

「你們要不要看看別人的作品？」我跟地基主說。其實我也想開了，我這人就算成灰了，不讓我寫是不可能的。死就死吧，反正跟死掉比起來，只多一口氣。天命如此，真的被拘走了，推薦幾個好作家，將來他們也不會太無聊。

「不要！」地基主尖叫起來。「我們跟人可不太一樣。對我們來說，你的小說是癮、是咒。一天不看就過不了日子，別害我們了你。」

*　*　*

我無聲的嘆息。這是一種錯愛吧？

咯咯咯咯……

不過胡老爹搞得鬼還滿有效的，真令人意外。

鐵鍊聲在醫院焦躁的拖動，轉來轉去就轉不到我這兒。後來我才知道醫院裡頭眾鬼團結一致，眾手遮天，把那個來拘魂的陰差氣壞了。

那個陰差連城隍都沒告，直接去找角頭土地告誦了。當然地基主絞著手指挨了一頓官腔。

起初我不知道她幹嘛讓我燒化一本書給她，她在我電腦邊看不夠？

沒想到這小妮子扯了一頁當伴手送給老土地，結果土地公公看完那頁，著魔似的逼著地基主交出整本……然後跟她要了我整套的書，說，化給他的話，他就閉關修煉去。

只是誰也不知道他閉什麼關修些什麼了。

她得意洋洋的回報，到處找著我堆了一箱又一箱的書，又催我快去燒化了給土地……我真的狂笑很久。

據說呢，陰差去找老土地碰了個軟釘子。人家閉關修煉，好去拖出來？氣得直跳的陰差乾脆一狀告到城隍廟，哪知道人小鬼大的地基主早早去送禮了，他老人家收了我的書，居然裝聾作啞，要陰差加把勁兒。

我真的會活活笑死。我還以為用錢可以打點，沒想到我寫的書也可以。這算是搞笑版的官場現形記麼？

那個倒楣的陰差在醫院轉了七天，灰頭土臉的帶走了名單上的人，就缺了我。回去有沒有挨板子，這我就不知道了。

* * *

「奇怪，奇怪……」地基主神色有異的走回來。我埋首打字，沒時間理睬她。她也是發著呆，乖乖的坐在我桌邊沒講話。

等我打了個段落，停手喝水，她還在發呆。

「怎麼了？」今天初二，屬地基主的陰將都去城隍那兒謝賞。她吃了酒菜回來，做什麼魂不守舍？

「今天呢，城隍爺爺招我去說話。」她眼神透著古怪害怕，「這可是從來沒有的事情。」

「要書沒有。」我哪來那麼多出版書？「若要稿子，我印出來化給他就是了，有什麼關係？」

「這不打緊，他不耐煩我手腳慢，自己去弄了部電腦。」她漫不經心的回答，「城隍爺爺問我你身體怎麼樣，還問我你小時候的事情。你不跟我說過，你小時候見過陰差？」

我點了點頭。有時候被催故事煩了，我會說些小故事給他們聽。

「他跟我說，叫你好好把這件事情放心裡琢磨。也讓我們別再搞鬼，讓陰差來。」她的眼神透著害怕，「說事情鬧太大，陸判官不會饒我們。」

陸判官？不是閻王？我覺得似乎有些什麼頭緒，但是又還理不出來。

「他還說了什麼呢？」我知道城隍是在暗示我什麼，但是我需要更多的資料。

「沒了呀……」她困惑，「哦，他後來就跟其他官員閒談，講現在的新規矩。陰差不能跟人交談，也就只能講制式的幾句話兒。說是嚴防舞弊什麼的，我也沒聽懂。」

「他沒讓妳退下嗎？」我有點訝異。哪怕已經是民主時代，二十一世紀了，陰府的體制還是嚴得緊，看神格說話的。地基主算榮譽職，勉強掛個「神」名兒，其實也跟鬼魅差不多。

「呃？」她愣了一下，也對呢，奇怪的緊。城隍爺爺和其他神官神將說話，她一個低微的地基主哪有聽的份？「沒呢，古怪。」

我琢磨了一下。笑了起來。

「幫我謝謝城隍爺。」我將原本進行的故事先暫停，開了新檔案，「我寫個極短篇謝他。跟他說我明白了，也讓胡老爹來解了這兒的鬼畫符吧。」

「……你在說什麼呀？」張了一會兒的嘴，她叫了起來。

「我說，陰差再來別攔著。」我啪啦啦的打字，「讓他來。」

醫院這幾天亂成一團，到處有人喊著見鬼。我知道是那些厲鬼兒心裡生氣，到處惹亂，卻不想去安撫他們。

地基主垂頭喪氣，像是守喪似的守著我，真是又氣又好笑。

但我也沒說什麼，照樣過我的日子。連鐵鍊聲拖進我房間，她埋首啜泣，我也沒抬一抬眉毛。

「沈印生！速速隨我前往！」如雷的吆喝在我小小的陰暗房間響起。

這是我第三次見到陰差。兒時一次，被女鬼纏的時候一次，這是第三次。他沒像傳說中帶著高高的帽子，一身的黑，倒有幾分瀟灑的感覺。拖著鐵鍊，拿著一個令牌。現在我知道那不是扇子了。

心平氣和的看著他，我說，「陸判官要拘我去專門替他寫小說麼？」

原本煞氣十足的臉，忽然比雪白還白，倒退了兩步。哎呀，我猜對了嗎？忍不住咯咯笑了出來。

城隍爺，真是謝你了。

「我知道你一定要拘捕我回去。」我沒試過說故事給陰差聽，不過，地基主都聽了，他們應該也可以吧？「但是請給我一點時間，讓我說個故事給你聽。」

他嚴肅得接近猙獰，搖了搖頭。

有點麻煩。我轉眼看到還在啜泣的地基主，「不然，讓我說給她聽？你看小姑娘哭成這樣，也讓我了個心願。」

陰差為難了一會兒，地基主看著我發愣，像是驚覺了我的用心，聲如裂帛的嚎啕起來。

演得太過頭了，小姐……我堵住耳朵，有點尷尬。一滴眼淚也沒有，怎麼唬人呢……

沒想到這麼過火又假到家的演技，讓陰差動容了。我猜他是重口味的，愛情故事一定可以讓他投降。

我說了一個纏綿悱惻的愛情故事，背景是古代的人妖相戀。漫長的生命面對短促如蜉蝣的人類，充滿了痛苦的無奈。哭聲此起彼落，哭得最大聲的居然是書生老鬼。

在故事最高潮的那瞬間，蛇妖正要把他的生命分給老邁而垂死的愛人時……我喝了口水，停了下來。

「……後來呢?!」幾乎所有聚在我房間的鬼魅異口同聲，很不巧的，還包含聽到忘我的陰差。

「厚～」所有的厲鬼孤魂指著他，「你說話了！犯忌！」地基主比別人都大聲。

他的臉刷的白到發青。「……我完蛋了。」他哭了起來，「等等再說吧，後來呢？」

基於一種憐憫，我把故事說完了。底下一片淒風苦雨，擤鼻涕的聲音此起彼落。陰差哭得握著手絹都快斷氣了。他有氣無力的看了我一眼，又放聲大哭。

然後？然後他走了。

我說過，地府的體制很嚴謹並且嚴厲。規矩是怎樣，就得照著走。犯忌就是犯忌，懲罰是免不了的。但是官罰還不是最可怕的，更可怕的是，他露了長官的餡。回去不是挨幾板子關幾天就算了，大概關不完就挨了什麼暗算，魂飛魄散都有可能。

所以他寧可在人間住下來，聽說跑去賣大腸麵線。偶爾我會吃到他做的素麵線，通常都是我有新書出版的時候，此是後話。

後來陸陸續續來了六個陰差，毫無例外的中招，好好的來，哭哭啼啼著走。沒人敢回地府，都留在人間苟且偷生，沒事就來罵我坑害他們，順便來A書。

好到可以互相罵來罵去，我把情報湊在一起，覺得城隍對我還真的是好的了。

我甚至強迫他們把生死簿讓我看一看，果然，姚夜書的那條濃墨槓去，添了一筆沈印生的，還用蠅頭小楷註明，「姓名有誤，特此更正」。

順便把我的壽算也「更正」了。

也對。閻王哪管得了那麼多事情？他若算是司法院院長，也不會自己下去審理。自然分派給判官們去審理。當中一個判官要偷改我的壽算，同僚若知道，也就睜隻眼閉隻眼。這事雖算不了什麼，若是鬧出來可大得很。

聽地基主說，陰律嚴明幾近刻薄，若是陸判官這樣篡改陽人壽命被查出來了，那是挫骨揚灰，萬死不贖的罪。而這位嚴正的陸判官頗有才華，和城隍等都有筆墨來往，跟同僚相處的極好。能夠不鬧出事情來是最好的……所以城隍只能暗示我，卻沒去揭穿他。

本來我猜他是不是前世跟我有仇還是什麼的，但是一起頭就猜這樣總不好。我本來是半開玩笑的猜，沒想到讓我猜中了。

這些陰差說，陸判官嫌沒個懂筆墨的書僮，想拘了我去。又聽我書寫得好，順便也寫給他看看。

可我這樣一個人，哪肯去替誰專寫呢？我最最自私，只寫我想寫的。編輯不知道被我氣哭多少次，只能委屈的捧走我寫好的稿子，一筆也不許改。

我對衣食父母尚且如此，更何況一個在陰府當差的判官。

後來來了第八個陰差，我倒是嚇一跳，怎麼叫年紀這麼小的來？現在我會分他們的年紀了，這個怎麼看，也還是個少年……忍不住起了點憐憫。

「沈印生，速速隨我前往！」他帶著稚氣，對我嚷著。

剛好有陰差在我房裡看書，瞧見他，臉色都變了。忙著搖手咳嗽，示意他快走。

他狐疑的看著這些滯留不歸的前輩，又喊了一聲，「沈印生，速速隨我前往！」

看他可憐，我就不害他了。「快走吧。七個前輩的例子還不夠麼？」

他馬上臉露不忿，根本就忽視我的善意，拿著令牌就要打。這一打，我的魂魄就要離體了。唉……好人做不得……

「且慢。」我嘆氣，「要我跟你去也行。你先看了這個吧。」我把剛寫的小說開頭印出來，遞了出去。

「千萬不要看啊！」他的前輩忍不住開口了，「小兄弟，你回去吧，頂多挨頓板子而已……」

這個小陰差更糊塗了，他在令牌上面寫了寫，上面寫著，「為什麼不能看？」

這孩子聰明！我最喜歡聰明的人了，咯咯咯咯……

他的前輩倒是張著嘴好一會兒說不出話來，「……看了就回不去了。」

我知道他的前輩是一片好心，但是越聰明的人越好奇。這樣說更讓小陰差忍不住低頭看去……

然後他也中招了。

「後面呢？」他話一出口，立刻面如死灰。「我、我我我……我怎麼……我想回地府啊！」他哇的一聲大哭起來。

第八個倒楣的陰差，又在人間落了戶。

不自覺的，我成了陰差剋星。咯咯咯咯……

其實，我在等。

當然我也只能等，畢竟我關在這兒哪裡也不能去。但是這八個有去無回的陰差一定會引起些什麼樣的騷動，誰來抓他們都可能讓陸判官很尷尬。若是這八個陰差自忖沒有生路，乾脆狠咬一口，該誰完蛋，還不知道呢。

所以不會有追兵，我很有信心。

聽我分析完的小陰差張大了嘴，沉痛的說，「你是人間的禍害，惡到穿孔的毒苗。你活著對世間無益，發生種種天災人禍一定是你這混帳引起的天怒人怨。」說著衝上去從印表機搶了一疊紙過去，「你趕快寫吧，嘴動手也要動啊！」

聳聳肩，繼續寫我的小說。

我把這八個陰差的倒楣事蹟當作閒暇消遣寫出來，貼在部落格。我那本來被謾罵到爆炸的部落格又多了譏笑和嘲諷。還有人說我根本是瘋到見鬼了，寫出這種垃圾。

無所謂。當初伽利略還險些被抓去燒呢，說實話的人本來就比較衰。我是比較好奇這些罵個不停的人。若真的討厭，何必去看我的部落格呢？看了又口水甚多。難道暗戀我？

日子照樣的過，我依舊成天寫寫寫。我倒不知道這個精神病院成了陰差畏懼的地方，後來才聽地基主說，來這兒出任務的陰差，寧可違些時日被罰，也盡量久久來一次帶走整批的人，能離我的房間多遠就多遠，還傳說我專門吃陰差，這八個陰差是被我拿來下飯了。

我笑到打跌。我吃素，真的，你要相信我。

只是，我還在等。

終於我的等待沒有落空，我想，他已經沉不住氣了。

久違的鐵鍊的聲音，從走道拖過去。冰冷的讓人的心臟都為之結冰。

「我來帶你走。」

這也是一種必然。

「讓我為你說個故事。」咯咯的笑聲響起，像是喪鐘迴蕩在這個監獄裡。

我望著在我房間出現的「人」。他應該就是陸判官吧。倒不像印象中的鍾馗模樣，他很斯文，留著五綹長鬚，飄然若仙。只是不太搭的拿著鐵鍊和鎮魂牌。

「我說個故事，然後跟你走，如何？」我啃著指甲，壓抑著難以言喻的興奮。

這是個大角色。地基主早就逃了出去，整個精神病院的鬼怪都跑得乾乾淨淨。他終究是神，還是地府裡的判官。死亡的氣息和神威不是小小的陰體可以承受的。

但我是個脫序的人，並不在乎。靜靜的，我等他的回答。

「不。」他嚴正的拒絕，臉色更加陰沉。

「那我不走。」我也回答的很乾脆。

他沒說話，不動。只是用那種難以形容的氣勢壓過來。根本就沒什麼好怕的，我不欠神明什麼，神明也不欠我什麼。我在最痛苦的時候沒有麻煩過神明，現在他們不該來麻煩我。

最重要的是，他的眼神在游移。雖然很難察覺的，他的眼神，在我的書架小心的探索著。

他怎麼知道我書寫得好？我想到這個嚴正判官的脫序。他看過吧？他看過我寫的小說。但在什麼地方看過，看到的又是哪一本呢？

誰也沒說話。窒息的沉默降臨到這個陰森而雪白的房間。

「判官不該親自來拿人。」我打破沉寂。

他的怒容驀然而起，恨恨的像是要吃人。不過房間裡只有我和他，他總不會是想吃壁紙吧？

「有必要嗎？需要為了幾本破小說違紀？」我觀察著他，「你需要哪些書，我化給你。你不知道怎麼開口，託個口信，讓地基主告訴我。我雖然瘋，還懂人情事理，何必為了幾本破書……」

「沒錯，就幾本破書。」他恨恨的看著我，像是眼睛裡都要冒出火來，「比你寫得好的人多的是……你甚至文字拙劣，交代不清，漏洞一大堆……」他豁然站起，「但是你這種禍根子，為什麼有那種活生生的執念？現在的人什麼不能放棄？什麼都可以！連自己的命都可以放棄，自殺的人成千成百，根本沒有什麼人執著什麼……」

他越說越怒，轟然一蓬火從口中冒出來，「你！為什麼有這樣活生生的執念?!哪怕你抄電話簿，眾生也無法抗拒你，你這種禍害不能放在人間！」

原來如此……我一直以為是我寫得好。原來只是執念啊……但又怎麼樣？我就是要寫，我就是想寫啊。即使是這種時刻，我依舊研究著判官衣服上的花紋，想著怎麼寫進小說裡，怎麼幫他開場。

寫得好不好關我什麼事情？我只負責寫又不負責看。那是倒楣的讀者要承擔的事。

「說完了？」我終於研究完他衣服上的花色。「你要哪一本？《應龍祠》還是《沒有邊際的故事》？」

嚴正的陸判官狼狽起來，看他這麼慌張，我嘆了口氣，忍住心裡的鬼笑。拿下《應龍祠》，我在書裡簽了名，遞給他。

他緊緊的抱著書，呆了很久。分不出是高興還是難過，默默的消失了。

其實我沒告訴他，我還滿緊張的。從來沒有遇過想要我的命的讀者。我突然想到史蒂芬・金寫的小說，不禁感慨。

陸判官沒抓我去鋸腿，只是拿走我絕版的書，我是不是該高興？其實，我還比較希望他鋸我的腿，我就剩那本了呢。

二十五到七十四。他該不會想把我留在陰府這麼多年吧？讀者啊，真是什麼樣的人都有……可愛又可怕的生物唷……

下次又會有怎樣的讀者找上門？準備挖我的心臟還是砍斷我的腿呢？

其實我還滿期待的。

第四話　訪客

「給我。」我向她伸手。

「……不。」她痛苦莫名，「我什麼都沒有了……」

「她沒辦法走。」我嘆口氣，「她少了腳踝骨。」

現在我有點懊悔了。多管閒事的下場就是再也沒有清靜。

我本來以為我住在世界上最安靜的地方——還有什麼地方可以比精神病院更死寂？但是自從我幫了那個美麗的訪客之後，我的麻煩就層出不窮。

每一天，都有許多抱著希望的訪客來見我……我不耐煩，醫護人員更不耐煩。

我不是道士不管抓鬼，我不是牧師不管懺悔。醫護人員簡直要煩死了，他們也說，醫院不是姚夜書的，他們也不管送往迎來。

我心情很壞的看著牆上響個不停的電話，心情真是糟透了。

其實精神病房不該有電話，畢竟危險……但是也不該有電腦、網路線……好吧，我是自費病人。

這個電話是一連串的事故以後「長」出來的。

畢竟天天得爬到二樓通知我有訪客，護士小姐臉色不會太好看。當被煩到一個程度，口氣當然也不會太好。我完全可以諒解。

但是我那群「特別」的讀者，不能諒解。於是在第五個護士在我的房門口莫名其妙咬到舌頭，程度必須縫合傷口的時候，我終於大怒的砸了電腦，把滿屋子的「讀者」趕出去，足足兩個禮拜沒寫半個字。

我砸電腦的時候的確是激動了點，但護士和醫生的反應大得不得了，我不知道挨了幾針鎮定劑，等我昏昏睡醒的時候，房裡多了電話。

再也沒人爬上樓來叫我去會客，用客氣萬分的態度透過電話通知我。

這有方便的地方，也有倒楣的地方。方便是，我拿起電話筒說，「不去。」一切都解決了。倒楣的是，電話不休息也不看場合，尤其是我正在運指如飛的時候。

不想管，但是該死的電話一直催命。

打完一段，我終於忍無可忍，拿起電話，陰惻惻的說，「不去。」

「哎呀，夜書。是我呢！」歡快得過分的聲音傳過來，「我好久沒看到你了呢～」

我頹下肩膀，像是被五百磅的重錘捶了腦袋。饒了我行不行？你到醫院來作什麼？你得了一條命就趕緊逃生吧～有點生存本能的人不逃得八百里遠？

但是我相信，萬物都有相生相剋的道理。我被這個笨蛋吳大夫剋得最緊。他，絕對是我的天敵。

我本來想豪氣干雲的說不去，但是卻聽到自己軟弱的講，「你別動，我馬上下去……」

垂頭喪氣，我穿上拖鞋下樓。真糟糕的時間……傍晚的逢魔時刻。正在喧譁著領飯盒的病人和護士，突然安靜下來。整條通道「刷～」的讓出來。

只有我的拖鞋踢踢躂躂的聲音。一路走，雜鬼畏懼的鑽入地板，退出窗外，大約是我凶殘的讀者不知道怎麼整他們的。

也說不定，和這些異類相處久了，我的鬼氣更深了。不過我面容的陰森，卻不是因為鬼氣的關係。

咬牙切齒的打開會客室，「誰讓你又來……」我的肩膀一垮。

四個清醒的倀鬼依戀的靠在吳大夫的身上，上下摩挲著他斷臂上的傷痕。我毫不客氣的踢桌踹椅，把他們趕到一邊去。這些倀鬼還記得血肉的氣味，這個該下鍋卻還活著的活人，正在刺激他們的食欲。

「……夜書，你的脾氣變壞了。」吳大夫小心翼翼的說。

坐在他對面的椅子上，我斜斜的用白眼看他。我脾氣壞？我脾氣壞是誰害的？

「夜書！你怎麼瘦成這樣?!」他大驚失色，過來就要摸臉，「你瘦得下巴都尖了！」

我趕緊躲開他的手，被男人摸豈不是太噁心？「我一公斤也沒瘦！拜託……」我沒瘦，只是臉型改變了。我沒辦法控制自己的長相越來越像女人。

他又囉唆很久，泫然欲涕。我默默忍耐著。我想他當輔導老師一定不會出什麼問題，學生應該乖巧又聽話。被他這樣煩下去，最頑劣的不良少年絕對會痛哭流涕——煩到哭。要揍他麼，他少了一隻手臂，又哭哭啼啼的，欺負這種人會遭天譴。

我說過了，最可怕的是天真善良的好人。尤其這個好人愛哭又嘮叨，那才叫做會走路的地獄。

百無聊賴，我只能東張西望，順便用眼神警告倀鬼別給我作亂。

不對。怎麼算都不對，怎麼會是四個？還有一個呢？難道他們這麼敬業，被血肉吸引來還留一個看守曹錚然？

心不在焉的聽完吳大夫的廢話，我馬上要把他趕回去。

「我覺得很奇怪。」他還做最後的掙扎，「夜書，為什麼你不叫我的名字？我早就不是吳大夫了。」

「我不記人的名字。」很乾脆的回答他，拽著他的胳臂往外推，「你不是順路來看我？看也看到了，快走吧。」

好不容易把他扔出去，我轉頭看著四個倀鬼。吳大夫不在，我就不用掩飾我身上濃重的鬼氣了。斜眼一個個看過去，倀鬼有些畏縮。

我不記人的名字，是因為我發現我有種能力。這不知道是怎麼來的，但是喚名，就可以約束一個人。我不喜歡那樣。

「徐阿明。」我用命令的口吻，「鍾曉齡呢？」

很像是雛鳥情結。我幫他們取回名字，他們也害怕的服從我。

「她回家了。」徐阿明低下頭。

這讓我迷惑了起來。回家？就算清醒過來，倀鬼也受到一定程度的魂魄傷害。他們陽壽未盡，又沒有人來接。得在人世度過他們最後的歲月，而且不能離主人（哪怕是主人的屍骸）太遠。

事實上，倀鬼是有些弱智的。

為什麼有個逸脫的倀鬼回家去了呢？距離這麼遠……太不可思議了。

我又問了好久，但是翻來覆去就是，「她回家了。」

我有點氣餒，真像是在詢問喜憨兒一樣。無力的揮了揮手，他們默默的回去，然後我又聽到遙遠病棟的淒慘叫聲。

他們上工還真的很賣力。

走失了一個清醒的倀鬼很稀奇，我問地基主和常來的鬼讀者，大家面面相覷，說沒聽過這種事情。

對。別人看我的日子似乎覺得很難打發，其實不然。我很忙，要看資料消化資料要寫作。靈感這玩意兒比鬼魅還難捉摸，常常讓我有挫敗感。當寫不出來的時候，在我身邊蹭的地基主和眾讀者就倒了大楣，被我抓起來嚴刑拷打，吐出來的故事很自然而然的拿來批發零售，還常常被我嫌不精彩。

地基主是最可憐的苦主，她常哭訴被剝皮剝得很冷。

我許多跟鬼魅有關的知識都是從這種嚴刑拷打裡頭得來的，這可是別人沒有的第一手資料……雖然常常被罵妖言惑眾。

能夠有智識到可以聊天說故事，兼論三界八卦的鬼魅眾生，多少都存在久了，有些道行。他們都沒聽說過這種事情，我不禁皺眉。

「除非有人把她帶出去。」書生老鬼說了。

「怎麼帶？她只剩個鬼魄。」我沒好氣。

「啊你沒看過師公作法招魂喔？」但是他也承認，「現在幾乎沒有合格法師了，招魂都是做做樣子的。招魂有用，哪需要陰差四海抓魂。」

小司——那個小陰差在牆角拚命的點頭。

招魂。我心裡動了動。要招魂，也要先知道倀鬼在這兒啊……誰會想招她的魂呢？我想到那個美麗又哀傷的訪客。

看起來，姊妹情深。真要招魂就由她招回家吧。反正她妹子成了倀鬼，主人發瘋，她也不會再造罪孽。好好的供養，說不定還有轉世投胎的機會。

我把這件事情拋諸腦後。到底我不是救世主，管不了那麼多事情。除非發生在我眼皮下，我是什麼都不想管的。

畢竟我說過，我只是小說家。

* * *

吳大夫走後，我過得很稱心。後來接手的大夫我連姓都沒記住，卻相當心安理得。他們是標準的鐵血男兒——鐵氟龍的心臟、液態冰的血，既沒有仁慈，也沒有溫柔，可以看病人在眼前休克抽搐還談笑用兵，下藥又重又快，毫不考慮後遺症。滿腦子只有

「當醫生賺大錢」的偉大抱負。

我不惹麻煩，他們不理我，大家相安無事。

這些泰山崩於前不改其色，唯有新台幣方可笑春風的醫生，居然被嚇得鬼哭神號，車禍的車禍、住院的住院，這倒是滿神奇的。漸漸的，我們這個位於山腳的精神病院附近居然盛傳鬧鬼，傳媒天天來這兒吵吵鬧鬧，還真的讓他們拍到幾張靈異照片……

我就叫老鬼他們別太愛出風頭了！真是……這樣我的日子怎麼過？

這種兵荒馬亂的時候，美麗的訪客居然來訪。我滿腹狐疑的下樓，但是會客室空無一人。

人呢？

我等了半個小時，最後護士通知我，她有急事，走了。

我望著夜幕低垂的夜空，隱隱覺得有事情發生了。但，關我什麼事情？聳聳肩，我對護士笑笑，她居然臉色大變的貼在牆上，簌簌發抖。

後來我聽地基主說，我衝著她笑的時候，陰森森的，雪白的牙齒在沒開燈的會客室，粲然的發出鬼火。

在這種氣氛下，會客室外傳出慘烈的尖叫聲，像是傳染一般，讓護士小姐逼著嗓子慘叫，幾個如狼似虎的醫護人員衝進會客室，不由分說就把我反剪雙手壓在桌子上，可憐我跟那個護士距離三尺，居然蒙此不白之冤。

這個時候反抗是最下策，不但會因此受到傷害，還可能引來什麼電擊治療，我覺得口吐白沫很醜。我放鬆筋肉，讓他們把我的臉壓在桌子上，盡量用最溫和最理智的聲音說，「在打鎮定劑之前，先看看外面吧。順便檢查護士小姐有沒有傷口。」

在驚慌的群眾面前，越鎮定越有效果。尖叫的護士小姐終於回魂，「不、不是他……是外面、外面……」

我的臉瘀青了，但是沒有人跟我道歉。精神病患者不被人當人看，我早就習慣了。趁所有的人都衝出去察看，我默默的跟著去探頭看看。

外面有個昏倒的警衛，他的前面，一大灘血。但是警衛身上乾乾淨淨的，似乎沒有傷口。在路燈的昏暗中，那灘血延伸到大門外。

我還在尋思，某個大夫看到我，大喝，「看什麼看！快進去！」舉起手來作勢要揍我。

定定的望著他，大概三秒鐘吧。我咯咯笑了一聲。在這樣詭譎的場景裡，特別刺耳。

他嚇壞了。不過就像許多鐵血醫生，衝過來就想給我好看。旁邊的護士趕緊揪住他，顫著聲音，「姚夜書，晚上冷了，快進去吧。」

那個鐵血醫生馬上矮了一截，躲在護士背後開始發抖。

沒說什麼，我安靜的走回去。地基主冷哼一聲，「那護士救他一命。」

「鬧亂子我就三個月一個字也不寫。」我也冷笑，「妳知道我的性子。人鬼殊途，特別不要插手我的事情。」

她張著嘴，狠狠地跺腳，氣得好幾天沒有出現。

冷著臉，我上樓回自己的囚房。那灘黝黑的血，一直在我眼前迴繞。

拜網路之賜，我開始搜尋醫院附近的靈異事件，範圍擴大到各大BBS的鬼板。並且開始過濾，哪些是鬼讀者出來上鏡頭，哪些是跟那灘污血有關的新聞。此外我也認真的尋找倀鬼的資料。

很可惜倀鬼的資料真是少得可憐。只有一句成語證明他們的存在，「為虎作倀」。

但是多如繁星的網路資料，還是找到一些，更有趣的是，我是在大陸的網站上找到的。

地基主鬧小性子，一直留在我這裡的小司就慘遭酷刑逼問。他不甚情願證實了我某些疑問。

整理一下，醫院附近第一起的靈異事件，引起一樁不大不小的車禍。一個下班的醫生，碾到某樣東西，擦撞了路邊的電線桿。他要下車察看的時候，車窗出現一隻慘白的手骨，在他的車窗上拍著，留下幾個血手印。他暈了過去。

這個醫生的位置，在距離醫院大約一公里的山路往省道的方向。第二個犧牲者又近了一點，這次比較尷尬，是對偷情的護士和醫生，他們的車停在路邊，也被印了幾個手掌印，衣衫不整的嚇昏過去。

越來越近，越來越近。如此一個禮拜了。這次，到了大門口。

我仔細想了很久很久。「……小司。」

他像是貓一樣，躬了起來，只差沒有發出「哈～」的恐嚇。「幹嘛？你要幹嘛？你想對一個列冊的陰差幹嘛？」

沒理他的過敏，「陸判官說，我就算抄電話簿，也可以迷惑眾生。真的嗎？」

他瞪了一會兒，氣餒下來。「……你就算讀現金帳，我也覺得是很棒的故事。你的作品是眾生的罌粟。禍害，禍害……」

嗯。我也明白我是禍害。

「魂兮歸來，去君之恆幹，何為四方些。舍君之樂處，而離彼不祥些。魂兮歸來。」我喃喃的對著窗外念著。

小司張大眼睛，「……『招魂』？你……喂！你不要亂招！你要招誰出來啊?!你到底知不知道你的故事會造成什麼樣的結果啊？……」

我是發瘋的禍害，當然知道啊。

「南方不可以止些。

雕題黑齒，得人肉以祀，以其骨為醢些。

蝮蛇蓁蓁，封狐千里些。

雄虺九首，往來儵忽，吞人以益其心些。

歸來兮，不可以久淫些……」

天空這樣悲戚的寶藍。死去無法復生、肉其白骨皆是虛幻。獻祭任何人，都沒辦法得回妳年輕無辜的生命啊……

「魂兮歸來。」

狂亂的風壓彎了樹的背，像是呼嘯的哭泣。在虛妄的招魂中，眾鬼放聲大哭，淒然如暴雨的悲鳴。

交融一氣。

小司恐懼的看我很久，大叫一聲，摀著耳朵逃走了。

我念了七天，這個醫院簡直變成墓地，每天都有護士辭職，整個醫院天翻地覆，充滿鬼哭。不過哭歸哭，其實真能忍耐這種哭聲的，倒沒有幾個。還跟我嘔氣的地基主蒼白著臉孔爬出來，求我不要念了。

「拜託，我會哭瞎。」她腫著核桃似的眼睛哀求。

睇了她一眼，在晚霞滿天的黃昏，我開始「招魂」，她也很捧場的放聲大哭，然後設法躲進地底下。

第七天，醫院裡的鬼魂跑了個精光。只能遠遠的聽著我的「招魂」，然後悲泣。啪的一聲，整個醫院突然停電，此起彼落的驚叫聲突然寂靜下來。我現在只能祈禱醫院裡沒有人有心臟疾病。

因為，有某樣東西在黑暗中爬行，我可以想像，她身後拖著長長的血跡。蠕動著，痛苦的膝行。我似乎可以聽到她爬動的窸窣聲，沉重的啪、啪、啪。咽喉滾著血的呼嚕，而且越來越近。

我聽見，爬上樓梯重重的聲響。水滴聲。嗆咳。拖著沉重，慢慢接近我的門。

砰。房門重重的撞擊，發出令人牙酸的吱嘎聲。像是鐵製的大門也承受不了這種猛烈的力道。砰。

天，完全的暗下來了。黑得如此迅速，如此不自然。一顆星星也沒有的深邃夜空，細得像是傷痕的下弦月，卻照亮了黝暗的囚房。

砰！又是一下撞擊，整個門都在劇烈顫抖。我並沒有鎖門，只要壓下門把，應該就可以進來。但是外面的「人」卻沒有如我希望的壓下門把。

第三次。整個門發出淒慘的呻吟。鐵門上面傳來抓爬聲，無聲的、無聲的憤怒。

我打開門。

只覺得眼前一花，已經被撲倒在地。幸好我將手臂橫在咽喉，所以銳利的牙齒只咬住我的前臂，並沒有撕開頸動脈。

「鍾曉齡，不要動。」黑暗中只有我的聲音，「我為妳說一個故事。」

她僵住很久很久，茫然的抬起臉，鬆開了我的手臂。

肉其白骨。但是死亡只有一瞬間，重生的痛苦誰了解呢？她還沒長出皮膚，薄薄的肌肉依附在骨架上。每一步爬動就是鮮血淋漓。眼睛裝在沒有眼瞼的眼眶中，像是隨時會掉出來。鼻子只是烏黑的兩個洞，當然，也沒有嘴唇。兩排森森的牙齒露出來，沒辦法停止的唾液，滴得下巴混著血，一片溼漉漉。

但是她的咽喉，一片空空蕩蕩，可以看到晶瑩的白骨。

我拉過椅子坐下，輕輕抬起她的下巴，審視著她被淘空的喉嚨。這可憐的孩子滿眼畏怯，害怕的抓著我的褲子。十指不全，殘破的指尖沒長出肉來。身上狼狽的布滿一塊塊露出白骨的空缺。

她在哭。可怖的眼睛露出極度的痛苦和忍耐。但是她一個字也沒辦法說，因為她的聲帶連同咽喉一起被淘空了。

極其可怕恐怖，卻也非常悲慘可憐的孩子。我拖過床上的毛毯裹著她，她將血肉模糊的臉孔埋在我的胸口，無聲的啜泣。

希望心愛的人可以復活，回到自己身邊。這種願望無法責備。但是對於一個被吃掉的倀鬼來說……危險的返魂術不只是危險，而且對她的傷害特別重。

被吃掉的地方，是永遠長不回來的。所以她的咽喉、股肉、後背、臉皮和雙耳，還有內臟……都長不回來。

生前的她，一定是很美麗的吧。每個少女都像是一朵花，初綻的生命本身就是美麗的。像是她完整而光滑的頭髮，活生生的。

我，覺得很痛苦。因為心靈破碎過，所以我連建起防禦高牆的能力都喪失，這種衝擊這樣直接迅速，奪走了我的聲音。

「……我為妳說個故事，鍾曉齡。」聲音破碎而嘶啞，「等說完這個故事，妳的苦難就會結束。」

我說了一個很長很長的故事。關於一個長髮的美麗海妖，來到這世間磨難一場。最後發現浮生如夢，於是離開了殘破的軀殼，回到海中。

「她說，『你還會記得我嗎？如果我變得不一樣，你還記得我這副宛如大火焚盡的模樣？』

他說，『我會記得妳。記得妳的善良和寬恕。記得妳非常美麗……所有生命的本身，就是美麗的。』

她微笑，整個臉如許燦爛，哪怕她連臉皮都沒有了。」

我停住，試著掩飾哽咽。

「『我覺得想睡了。可以借我手絹嗎？我失去眼瞼，沒辦法閉上。』一條手絹覆在她的眼睛上，透著薄薄的雪白，她望著陽光。

『答應我，不要悲傷。這不是結束，而是另一個開始。』輕輕呼出最後一口氣，『陽光好美啊……』

她展開新的旅程，向大海游去。蛻下的軀殼，粉碎而雪白。」

我將手絹蒙在鍾曉齡的眼睛上面。片刻，她被強迫召回的殘破肉體，粉碎成雪白的骨灰。

默默的將她的骨灰捧入預備好的罐子，我哭不出來。我希望我能夠哭出來。

我只能讓她游向海中，因為她無法行走。悶悶的，面牆躺著。

沒錯，我性格軟弱。所以我不想碰任何悲傷，不想扛這些痛苦。我害怕雨天，厭恨陰霾。喜愛陽光，是因為可以晒一晒懦弱而發霉的靈魂。

從任何方面思考，我都沒辦法釋懷。為惡者已經在贖罪，任何人都沒有錯……我不是鍾曉齡的誰，我甚至不認識她。

但是我悲哀到粒米不進，什麼事情都做不了。我怕我除了精神分裂，又添上憂鬱症。

「你再不吃飯……」地基主使出最後的手段，「吳大夫……」

怨毒的望她一眼，翻身起來隨便吃了幾口。別添亂了，我這種惡劣的心境，不需要那個傢伙來找麻煩。那四個倀鬼可不是我的倀鬼。他們要啃吳大夫我無能為力。

我根本就沒有任何能力。我只能寫，然後等待。

等待的人，卻七天後才來。

看到她，我卻沒有吃驚。即使她整張臉、雙手都包著紗布，我也不訝異。之前我已經問過小司，返魂術很凶險，就算成功，返魂後的人性格凶殘，九成會變成怪物。

她付出很大的代價。

不再泰然自若，她慌張的雙手發抖。「……她在你這兒吧？」若不是找到沒有辦法，她不會來找我的。

「對。」我咯咯的笑，陰鬱的看著她。面對她，我不用遮掩身上濃重的鬼氣。

「請把她還給我。」她的聲音軟弱下來，「她是我唯一的妹妹……我沒有親人了……就算有報應也該是報應在我頭上，不應該是她……她什麼也沒有做……」她哭了，眼淚浸溼了紗布，乾涸的血透出來。

「我拒絕。」覺得疲倦而麻木。其實我該提起精神，因為地基主說過，我疲倦麻木的時候看起來像厲鬼。「我從來不問妳的名字，也不問妳的職業。因為我不想聽妳說謊。」

她倒抽一口氣，結了個手印。我的心沉了沉。討厭這種預感，討厭這種從時空閱讀歷史的能力。更討厭這種知道一點什麼，卻完全沒有能力的感覺。

沉默這樣難堪，我覺得很悲哀。

「你什麼都不知道。」她的聲音帶著嗚咽，「父母過世的時候我只有十七歲，要養活妹妹……咒殺也不是每次都靈的……報應？這就是報應？難道我們餓死街頭就不是上輩子的報應？那你告訴我，我們該怎麼辦？我們到底該怎麼辦？」

「我不是神，我不知道。我只知道人命這樣沉重。每一條都該死的重。」

然後又是沉默，窒息一樣的沉默。

「給我。」我向她伸手。

「……不。」她痛苦莫名，「我什麼都沒有了……」

「她沒辦法走。」我嘆口氣，「她少了腳踝骨。」

她突然爆發了，「我當然要留著她的腳踝骨！不然她怎麼知道怎麼回來呢？你為什麼要阻止我？七七四十九天就行了！七七內只要她吃了『虎』，就可以完全復活！你為什麼要阻止我?!」

「沒有內臟沒有臉皮沒有咽喉叫什麼復活？」我低低的說。其實我懷疑這不是我的聲音。這樣冰涼、陰冷，像是蛇爬過了肩膀，蜿蜒在胸口。「不能走，她只能用爬的。」

艱苦的，從遙遠的家裡，爬過半個城市，爬到這個醫院。連哭聲都發不出來，流著淚，一步步的爬。

「妳看過她蜿蜒的血跡沒有？妳看過她的淚水沒有？妳問過她想不想這樣痛苦沒有？妳要無罪的她，再去沾染罪孽？」陌生的聲音越來越輕。

「妳真的愛她嗎？」

撕裂而絕望的哭喊，將這個夜晚的寧靜擊個粉碎。聲嘶力竭的，無言的控訴。握著一小節纖細的骨頭，她痛苦得幾乎死去。

無情的拿走那一小截骨頭。

「你搶走我妹妹，庇護那個凶手！」她猙獰的扯下紗布，縱橫的傷口慘不忍睹，像是一道道爪痕，「我要你不得好死，不得好死！」

望了她一會兒，陰暗中，我輕輕笑了。「隨便妳。」

她發狂的撲上來撕打，被醫護人員拖住。遠遠的看，她像是夜叉。我知道夜叉的復仇心很強烈，尤其她又是個很有能力的巫覡。

儘管來。

輕輕的將那截纖白的骨頭放進罐子裡。我不會把妳交給姊姊，對不起。她太寂寞，寂寞會引發瘋狂。下一次她再試圖讓妳復活，我沒有把握可以把妳叫回來。

我什麼能力也沒有，對不起。

抱著那罐骨灰，我陷入昏暈而漫長的睡眠。我看到她能夠行走了，在沙灘上奔跑，一切完整，跟風一樣自由。

能夠給妳的，只是很長很長的夢境，一切都是虛妄。或許這樣最好吧，一個瘋子的夢境。直到妳的陽壽盡了，有人來接妳為止。

這世界，這樣痛苦，也這樣的歡欣。

＊　＊　＊

我有了一點點的改變。

其實真的只有一點點。

我在那個充滿辱罵的部落格開了一個專區，聲明我不見任何人，所以不要隨便來醫院找我。但是，我是說，但是。

但是你的故事可以打動我，說不定，我會私下和你談談。

很多人留言只是尋開心，也更有一些是空穴來風，很想勸他們乾脆從事寫作。當然有更多的謾罵，更多的諷刺，更多的指責……「妖言惑眾」。

不重要。我還是會心平氣和的看著每一則留言和敘述，偶爾，非常偶爾的，我會請他們來找我。

雖然薄弱的像是一根蜘蛛絲，但是在無助的人眼中，這可能是唯一的援助吧。也因此，我認識了一些人，還有非人。甚至我還藏匿過某界的罪犯……不過我答應要保密的。

這樣有什麼好處？其實完全沒有。我幫了他們什麼？其實也沒有什麼。

我只是認真的，說了一個故事給他們聽。他們只是很純真的接受了我的暗示，撞邪的認為其實只是錯覺，怕鬼的相信沒有鬼這回事，痛苦的相信痛苦一定會過去……

仔細想過，說不定我什麼本事都沒有，只是一個瘋子的暗示，剛好大家都能接受。雖然見過我以後，我不再跟同一個人見第二次面。我也不懂，大家都很平和的接受我的任性和跋扈，明明是個和蠹蟲沒兩樣的廢物。

當然我也遇到一些有趣的人。像是試圖除妖的道士（這個妖當然是我），和想為我退魔的牧師（他居然被退魔師的笑話打敗），他們很倒楣的中招，成了我的讀者。

在囚室得到無窮的樂趣，和無法拘束的自由。這都是奇特的訪客帶給我的。

我也不知道這樣做有什麼意義，但是我晚上睡得比較安穩，寫作的時候心安理得。

「你好像對大家都很好。」有回老鬼來找我喝酒，我酒量實在很差勁。

「我會把你們趕出去，還會摔電腦，支使你們做這個做那個，甚至要偷溜出去的時候逼你們輪班變成我的樣子，好讓我出去逛大街。」其實我已經半醉了。

「嘿嘿。」老鬼喝了一口酒，「你對大夥兒都好，但是誰也都不是你的朋友。」勉強睜開眼睛瞧瞧他，老鬼老鬼，真是老成精。「你們是讀者，不是朋友。」

「讀者不可以當朋友？」他的語氣很不滿。

我呆呆的望著天花板。其實，我也曾經把讀者當成好朋友過。在心還很軟，神智清明，這世界還包裹著玫瑰色糖衣時。

「我剛開始寫作的時候，發生過一件事。」

十六？十七？我忘記了。我開始狂熱的寫，開始有讀者，互動的很親密。血氣方剛的少年，對一切都還揉不進沙子。發現自己的文章被盜轉，怒不可遏，寫了一篇抱怨文。

第二天，那個網站從地球上消失了。應該說，架著網站的電腦被攻擊，整個主機都毀掉了。

「後來又發生了一件事情。我在一家很小的出版社出版我的書。」年紀輕，只會橫衝直撞。出版社是不好，但是傻孩子就是傻孩子，我在網站口誅筆伐，加油添醋的說某出版社怎麼樣怎麼樣的苛待我。

再一次，出版社架網站的主機又毀了，還有一群跟我處得很好的讀者，跑去出版社吵鬧，還跟員工衝突，一個女孩子從樓梯被推下來，腦震盪。

「那時候，我好害怕。」可能是酒醉，我的聲音這樣軟弱，「他們為什麼要為了跟廢物沒兩樣的作家出頭？幸好那女孩沒事……出了什麼事情我該怎麼辦？」

其實，我一直都很害怕。這種狂熱的喜愛根本不正常。為什麼要喜歡一個不認識的人？因為他會滿紙胡說八道？我最了解自己，我知道自己是怎樣的虛無、空洞，我知道，我知道……

我只會寫而已，除此之外，一無所有。

醉到昏睡過去，我還在模模糊糊的回憶。為什麼，我一步步的遠離人群呢？

因為我害怕。

我害怕跟我好友相稱，然後把我寫過說過的話，拿去其他地方嘲笑侮辱的人。我也喜歡過可愛的女讀者呢……甚至上過床。我還是，我還是正常的男人啊……

但是她們也只是彼此炫耀和我有過親密關係，甚至爭相告訴我別人說了我什麼什麼……

我退卻，然後下沉。越退越深，越退越深……直到離群索居，不再說話為止。

並不恨，並不恨那個女鬼，真的。沒有她的糾纏，我還是會走到這一步。只是她的出現，讓時程加快而已。說不定在不斷的退卻中，軟弱早就造成了我的瘋狂。沒有她我可能還是會去挖墳，畢竟我只剩下那一點狂熱，狂著想要取材，想要寫，想要寫……

也說不定，我早就蓄了鬼在心裡。

誰也不恨，誰也不怨。這一切都是必然的，必然的。

昏睡的深淵好深，深到看不到底。嘩嘩的水流在震耳欲聾。我在沉、沉、沉。

我的人格有重大缺陷吧。咯咯咯咯。

沒有，讀者沒有讓我受傷。或者說，我故意讓她們傷害我。因為我需要那些傷痕，一筆一縷的寫進小說中，封印起來。

但是夠了。我取材取夠了。現在讀者對我來說，是善良的陌生人，不要再進一步了。他們傷害我的時候，同時我也在傷害他們。

就像我用小說束縛他們，他們也用感想束縛我。沒有人是真的自由。

*　*　*

醒來我頭痛欲裂，根本不記得昨天說了些什麼。老鬼涼涼的看我，嘿嘿的笑。

「說倒是沒說什麼，」他哈哈大笑，「不過你脫光了在外面的走廊跑。」

「……真的嗎？」我大吃一驚。我知道我酒量不好，但是酒品有這麼差勁嗎？地基主和小司一起嚴肅的點頭，我沮喪的趴在桌子上。

我真沒說什麼？為什麼我像是沉到一個憂傷的夢境呢？

「剛你有訪客。」地基主咳嗽一聲，「護士不敢叫醒你，把訪客的禮物放在這兒。」

那是一本重大傷病手冊。打開來，「重度精神分裂」。

吳大夫說過要幫我申請，沒想到他真的去辦了啊……我的過去，這樣子蓋棺論定了。

翻著那本小冊子，覺得也沒什麼不好。咯咯咯咯……

第五話 回家

「真的不能在一起嗎？」她沒有轉頭，甜美的聲音不斷顫抖。

「不可以。」默默看著她的長髮也掩飾不住的糜爛傷口，「我得回家。」

仔細看了幾遍，我拿下眼鏡擦一擦，又仔細看了看。唔。

今天的陽光很美好，樹影下像是有千百個光影在追逐，一陣陣的譁笑。是個適合出門的好天氣。

反正我還有幾本書想買，那罐骨灰也不能夠一直擺在我的房裡——若不是我大吼大叫的從浴室裡衝出來——狼狽的只穿條短褲，打掃房間的阿婆可能把那個罐子給扔了。

地基主被我嚇哭，說我怒吼的嘴拉到耳邊，眼睛噴著鬼火。這根本是胡扯……只是嚇暈的阿婆馬上回家養老，不幹了。

這到底是醫院……這罐骨灰一不留神就被清掉了。我知道我寫作寫到一個程度根本就是三重苦，有眼無視、有耳無聞、有口無言。在這種時候骨灰被送到焚化爐我也不會知道。

天氣很好，很適合出門。我的身上也不是沒有錢……雖然我被認定為無行為能力，但是上回編輯來看我，不知道為什麼，我跟他打劫了五千塊，叫他從我的版稅扣。

他糊塗了，我也糊塗了。

說不定就是為了這個明媚的晴朗吧。

列了一下，多多少少還是有幾條瑣事。老讓出版社幫我跑腿也實在抱歉，我自己去辦好了。

「小司。」

他嘩的往牆上一貼。這個小陰差年紀最小，當陰差還沒多少時間。所以修煉還不夠，得多受些陽氣才能夠冒充成陽人。他無處可去，前輩又勸他在這陰得足以聚形的地方留下來，多晒點陽光，他才留在我這兒不走。

「別、別過來！」他拚命搖手，「我告訴你喔，我什麼也不會幫你的！你不要過來，不要過來！我好不容易聚一點點陽氣起來……媽的，你真是人嗎？為什麼你的鬼氣比我重啊～救命啊～」

我蹲在他面前，看著他涕淚泗橫的臉，有些許悲傷。被陰差這麼講，真是……

「好吧，我不過去。」定定的望著他，「你變成我的樣子，我要出門。」

「……不要！」他想都沒想就回絕了，「你出去幹什麼？吸引更多的妖魔鬼怪嗎？這醫院還不夠鬼氣森森？真奇怪這裡的瘋子怎麼沒逃走啊～」

逃得走還叫做精神病院嗎……？

「變成我的樣子，你可以用我的電腦，還有網路線。」

他不但馬上變成我的樣子，而且還很興奮的開了個門讓我悄悄離開。「有錢能使鬼推磨」好像可以改成「有電腦能使鬼推磨」……

換上簡單的衣服，我出了醫院，招了計程車。結果計程車司機在我前面停下來……撒了一把冥紙，加速逃逸。

無言的看著燦爛的陽光，和我身上的白襯衫牛仔褲、球鞋。難道看起來這麼像鬼，連陽光都不能幫我加分嗎？

正在冥想時，一部計程車倒退著停在我旁邊，臉色發青的計程車司機看了我很久，又看看我地上的影子。

「對不起對不起……」他再三道歉，還下車開車門，「真的很抱歉，大白天的，把你誤認成……」他勉強嚥下一口口水，「那個。」

把肩膀黏著的冥紙拿下來，我坐進後座，「現在開計程車要隨身帶冥紙？」

「唉，我們這行也不好幹啊……」他發著牢騷，「昨天七月十五，我們天天路上跑，什麼怪事沒有？帶一些也比較安心……」

「哦。」其實人類生存的本能也頗靈敏呢……咯咯咯咯。

「冷氣開太大了？」司機撫著手臂，將冷氣關小一點，「怎麼越來越冷……」

等到了目的地，凍得直打哆嗦的司機接過我的車錢，逃命似的呼嘯而去。

……大概會感冒幾天吧？我默默的把沾在袖子的冥紙扔了。

當初要出版社幫我在靈骨塔買個位置時，編輯差點被水嗆死。我猜他是想叫醫生吧，如果不是稿子實在太趕了，他非叫醫生來好好幫我整治一下。為了要命的稿，他足足跟我講了一個小時的勵志哲學，我還偷偷地抄筆記。

「不是我要用的。」淡淡的說，「我要安置一個孩子。」

不過他也真的幫我買了，一臉古怪的給我單據。

到了靈骨塔，我拒絕工作人員的好意，親自抱著她，放進去。可憐，什麼都沒有了，又沒有足夠的靈識了解自己的死亡。到這種地步，只能依附著自己的屍骨。

「雨淋白骨血染草，月冷黃沙鬼守屍。」

突然滿感慨的。

好心的工作人員幫我叫來倒楣的計程車司機。然後這個都市不幸感冒的人又多了一個。

其實說感冒不太正確，正確的說法是，「風邪」。不過醫生不會在意當中的差別。

在久違的繁華逛了逛，我買了想買的書，搭著捷運到淡水。不是假日，街道空曠。

我隨便挑了一家咖啡廳，婉拒了優雅的廳內，我選了可以照到陽光的陽台。

「……但是，裡面有冷氣……」服務生大為訝異，畢竟在盛暑的正中午，硬要待在室外的客人頗奇怪吧？

「我抽菸。」亮了亮預備好的香菸，服務生才恍然大悟，馬上體貼的送上菸灰缸。

其實這菸是我拿來當幌子的。對別人來說，八月的陽光可能很毒辣。但是對我這樣被鬼氣浸潤遍了的人，如此的陽光才可以晒暖我傷痕累累的靈魂。

而且，海風這樣的清新，在這樣的晴朗中閱讀，真的是一大享受。喝著咖啡，閱讀《龍槍傳奇》，安靜的午後，只有獵獵的風呼嘯，吹著口哨。沉浸在閱讀中，我也是純粹的三重苦狀態：無視、無聞、無言。零零落落的客人，有人進來有人出去，我完全沒有察覺。

「你……你是夜書吧？」驚喜交織的聲音，帶著一點點的顫抖。

聽到了自己的名字，我才茫然的抬起頭。聲音的主人已經拉開我身邊的椅子，坐了下來。「你……你變得我快不認得了！當初我就叫你減肥麼……減完變成帥哥了！」

我還沒有完全清醒，直直的望著喋喋不休的女孩。很可愛，很甜，個子小小的，完全是我過去喜歡的那種典型。

不過是過去了。現在想起來，我不知道為什麼會喜歡這種泡泡糖似的女孩。

她曾經是我的女朋友，雖然時間很短。分手的時候我多麼痛苦……但是現在我卻想不起她的名字。看到她也沒有高興的感覺，反而有點不悅——打擾我看書。

「嗨。」我淡淡的笑，瞥見映在落地窗的面容，不禁苦笑了一下。長久的厭食和鬼氣的侵蝕，我的面容顯得秀氣而軟弱。自己覺得不男不女，卻可以吸引世人的眼光。

這個世界的審美觀真的病了。

我若還是過去那個粗笨、微胖的模樣，她大概會裝著不認識趕緊跑了吧。

「我就說嘛，網站的消息不可靠！」她還是那樣沒大腦的樣子，「都是亂講的！他們神經兮兮的跟我講，我就說哪有可能？我可是很了解你的……」

「是真的。」我漠然的說，低頭翻書頁。

她尷尬的住嘴，小心翼翼的打量我。「……夜書，是我害你的嗎？……」

抬頭看她，除了懊惱內疚外，還有一點點竊喜。真是無言。有個男人愛她愛到發瘋，大概是種光榮？而且還是個網路知名作家呢。

我相信她愛過我，就跟愛她的ＬＶ包包一樣。

「不是。」我對著她盡量陽光的一笑，不過鬼火效果比較強。

真有點本能的人類大約跑光了吧。但是她雖然開始發抖，卻滿眼興奮黏得更緊一點。「那……你的故事是不是……是不是真的？你真的有……陰陽眼？」

無聲的嘆口氣。就算怕，也覺得刺激。摀著眼睛看恐怖片，尖叫得最大聲的最愛聽鬼故事。她怕我，但也覺得很特別。

越危險越有趣，這樣嗎？

試著把我自己的手臂拔回來，拍了拍她的肩膀。她整個人僵硬了。

「有什麼？你看到了什麼？」她尖聲叫起來。

「什麼也沒有。」我的目光回到書頁。

「不！你一定看到什麼?!」她拚命抖，「是不是有什麼……有什麼纏著我？」

「沒有。」我抬頭望望天空，有點雲了，陽光弱了些。我身邊的溫度又開始降低，

「不過妳若不離開的話……」

她跳了起來，像是看到鬼一樣狂奔而去。

……其實我只是幫她拍頭皮屑，需要這麼害怕？

看完了那本書，雲多了起來，看看錶，快三點了。再拖下去不是辦法，還是去赴約吧。結了帳走出大門，一個女孩緊跟著我走出去。

她滿臉的害怕，緊緊的握著裙子，「請、請問……你真的有陰陽眼嗎？」

回眼看她，她抖得更厲害。我相信她是害怕的，不管我裝得多正常，但是我也沒辦

法把鬼氣收乾淨。正常人會盡量迴避我這樣陰陽怪氣的人，靠近我都會覺得冷。

「我、我不是……我不是故意偷聽。」她的眼淚快奪眶而出，「只是我真的不知道，不知道該跟誰求救……我沒有發瘋，請你相信我……」

她一定遇到很嚴重的事情，嚴重到求助無門，才會去跟一個可怕的人說話吧？

「妳的眼睛沒有狂氣。」我沒有笑，這是地基主的建議。她說我不笑看起來比較友善，「有什麼困擾呢？」

她明顯鬆了口氣，「請問、請問……真的有……」聲音越來越小，帶著嗚咽，「真的有嬰靈嗎……？」

我皺起眉，看到她腳邊有著隱約的黑影。

「沒有嬰靈這種東西。」我很誠實的回答她，「這是日本那邊流傳過來的，還算是新名詞呢。不然妳去各大辦事處……我是說，正統的佛寺道觀問看看，師父一定會笑的。」

她似信不信的，滿臉恐懼，「但是但是……我、我……」她哭了起來，聲音是那樣的心碎。壓抑著，不敢哭出聲音，充滿愧疚和痛苦。

我說過，我的心靈滿是縫隙，所以許多負面情緒無法抵擋。我很怕這樣的感染，但好像來不及了。當她叫住我，而我也給她回應的那一刻，就已經來不及了。

「我問妳，妳認為還沒出世的孩子有罪嗎？只有妳一個人可以懷孕嗎？」我的聲音變得細軟，顯得很陌生。

她愣愣的看著我。

「胎兒還沒來得及有罪，為什麼要那麼倒楣，綁在妳身邊作祟呢？當然是早早的投胎轉世了……如果妳拿掉孩子有罪，就算有，妳的罪也只有一半。讓妳懷孕的男人哪裡去了？他難道不該扛起另一半的罪孽嗎？」

其實我還有很多話想講，但都不是我自己想說的。像是周邊蒙著迷霧，神智清明的地方只剩下一小角，腦海裡翻滾了許多痛苦的情緒和破碎的畫面。

勉強奉子女之命成婚的人，被經濟和生活壓垮，然後毒害自己幼小的孩子。畏懼嬰靈這種莫須有的報復，卻毫不在意的笞打、甚至殺死自己的孩子，這是什麼道理？那不如一開始放了那孩子，讓他去已經準備好、成熟的家庭，不要製造更多無辜的幼小亡靈。

或者是長大起來，心卻墜入鬼道的孩子。

我的頭好痛、好痛好痛……好像有著什麼用斧頭劈我的頭顱，痛得我幾乎快要昏過去。

「他在哪裡？」淒厲的聲音把我嚇了一跳，沒想到這會是我發出來的，「他在哪裡？讓妳懷孕又不能生下來的男人，他在哪裡？妳知道將來可能會因此不能生育嗎？這才是那個男人給妳的毒咒，不是那個孩子！那個孩子從來沒有恨過妳、傷害過妳！妳怎麼可以怕他？妳怎麼可以污蔑……」

妳該馬上去找到那個男人，殺掉他，好讓這種毒咒可以解消才對……

我愣愣的看著被我緊緊抓住的女孩，她的手上被我抓握過的地方，出現了烏黑的爪痕。

原來是這麼回事。幸好我沒把那句說出來，沒有唆使她去殺人。語言有著特別的力量不是嗎？我的語言對人類沒有那麼強烈，但也有一定的影響。

「妳都讓陰差帶走了，又何必把恨意留在我這裡？走開吧……」我喃喃著，頭痛和巨大的壓迫感消失得無影無蹤。

像是被蠱惑的女孩，呆呆的望著我。她沒喊痛，雖然鬼爪的痕跡這麼深。

「沒有嬰靈。」我找回自己的聲音，柔和的，「真的讓妳疑神疑鬼的是妳的內疚。拿掉小孩是很傷身的，妳若是希望將來還有自己的小孩子，就別再這樣了。至於那個讓妳痛苦不已的男人……忘了他吧。妳會找到愛護妳的人，會認真的去防護，不讓妳受到這種身心雙重的痛苦。」

我鬆開她的手，她像是大夢初醒。「我覺得……很輕鬆。」她笑著，雖然還在流淚，「我還有幸福的可能吧？」

「一定會的。」我肯定。

我知道一定會的，因為她腳邊的黑影，虎視眈眈的跟在我後面。這就是多管閒事的下場。仔細的看著他，我知道，這是很古老的妖怪，一種叫做魍魎的小東西。他會附身在女性身邊，將女性的生氣吸乾，病衰而死。

從來都沒有什麼嬰靈。只有這種小妖物，依附著嬰靈莫須有的傳說，驚嚇著女人，拿走她們無辜的生命。

不過，我是男人。他們想要啃噬我，得花相當的力氣。

很想說故事給他們聽，讓他們離開。但是我覺得心煩意亂，文字完全無法組織起來。

四點多了，太陽快要下山了。我得趕緊去赴約，然後回醫院。不然滿是縫隙的心靈，沒辦法抵禦這些外來的侵蝕。

被鬼氣浸潤透的魂魄，在黑暗那邊的眷族看來，應該是閃閃發光的吧。黑暗造成的創傷，是永遠不會痊癒的。

走進捷運的瞬間，我發現，我迷路了。在錯綜複雜的地道裡來去，但是一個人也沒有。

我沒說什麼話，魍魎依舊如影隨形。腳步聲漸漸的多了起來，一隻手拍了拍我的肩膀，我卻沒有轉頭。

「哎，怎麼這麼無情？」那個活潑的女孩快走幾步，抱著我的胳臂，「你也是去聽演唱會的吧？」她仔細看了看我，驚喜起來，「你是姚夜書！我看過你書裡面的照片！」

我想說話，魍魎突然發出「哇哇」的嬰兒啼聲，我的聲音，被鎖住了。唯一的武器就這樣被剝奪。

女孩親熱的偎著我的手，她很年輕，嬌嫩的像是初綻的花朵。留著一頭很長的頭髮，指甲俏皮的畫了好多小花。

「我也很崇拜你呢！你的每一本書我都有買喔……」她嬌笑，「當然我更喜歡他……他唱得好棒，我愛死他了！每一場的簽名會、見面會，我都有去喔！他好帥好帥……」

她喋喋不休的說著，神采飛揚的。旁邊的人群也開始應和，嗡嗡的讚美和渴望，充塞在整個地下道，間雜著幾聲興奮的尖叫。

「他是誰？」我在束縛稍微輕一點的時候開口了。

女孩露出迷惘的神情，我猜她也不記得那是誰了。我們兩個人站定，她努力回憶著，而我，又在魍魎的兒啼聲中，失去了我的聲音。

如潮水的人群中，我們兩個像是擋路的石頭，不時被推擠著，身不由己的往前走。

「他是誰呢？」女孩喃喃自語，「他是誰呢……真奇怪，我那麼喜歡他，現在我卻想不起來。我好喜歡他啊，每天都聽著他的歌，看他演的電視劇，房間貼滿他的海報……」

像是想起什麼，她從口袋掏出隨身聽，「你聽，他唱的歌……」她很慷慨的分了一個耳機給我，但是我只聽到一片寂靜。

「奇怪，為什麼壞了呢？」她很苦惱，「我好喜歡他……天天都希望可以跟他在一起，甚至和他結婚呢。為什麼我記得你，卻不記得他？」

我默默的被擠著往前走。現在我只希望，那隻魍魎可以被人潮衝散，但是那隻魍魎卻緊緊的跟在後面。

「為什麼呢？為什麼……」她望著我，「是不是我比較喜歡你，所以才想不起他的名字？」

不是的。我在心裡無奈的反駁。每個時代都有偶像，也有為了偶像而死的少年或少女。我覺得，我好像陷入一個龐大而精巧的詭計中，策劃的，是叫做「命運」的詭笑者。

在鬼門開的第二天，誤蹈這些狂熱崇拜者的行列。他們依舊在尋找當初為之殉死的偶像，但是他們再也找不到了，因為死亡的洗禮，他們什麼也想不起來。

原本只是苦悶青春中投射的虛影，遺忘也是應該的。

人潮開始騷動，因為不知道要去哪裡。我依舊被鎖住聲音，一個字也說不出來。在這種狂烈的氣氛中，魍魎陰惻惻的「哇哇」兩聲，所有的人都安靜下來，一起盯著我。

「是你吧？事實上，我們在找的，就是你吧？」女孩滿臉夢幻，牢牢的看著我。

我絕望的望著這群狂熱的……鬼。

被推入冷冰冰的水裡，連呼救都不能。迷霧又來了，但是蒙蔽得住大部分的清明，卻沒辦法蒙蔽痛苦的感受。成百成千的鬼魂試圖侵入我的身體裡，那種寒冷到極致的痛苦，像是火燒一樣，他們在我身體裡翻滾、吞噬，互相撕打。

這樣痛、這樣的難受，但是我連昏過去都不能。我看得到月光蒼白的在遙遠的水面，像是一朵蒼白的山茶花，幽藍蕩漾。但是我卻溺水而窒息。

或許是太荒繆太痛苦，我居然想起一道叫做泥鰍鑽豆腐的菜。將活泥鰍和豆腐放在一起蒸煮，因為越來越熱，耐受不住的泥鰍就往豆腐裡鑽。這還有個好聽的名字，叫做「草船借箭」。

現在我就是那塊倒楣的豆腐，讓無數的鬼魂穿刺侵蝕，破碎的靈魂更加粉碎。

說不定，我早就知道會這樣。我一直躲在精神病院，就是尋找一個穩定安全的環境。但是今天……今天無論如何都一定要出來。

今天可是，可是我媽媽的忌日。姊姊趁著爸爸出門，要我五點半的時候，回去替媽媽上香。

哪怕我瘋到什麼程度，我還是希望可以，可以為母親上一柱香。

「媽媽……」我喊了出來，緊緊跟著我的魍魎突然游開，還沒來得及逃離，已經四分五裂。還沒搞清楚發生什麼事情，一隻有力的大手將我從水裡提了出來。

無數的鬼魂從我的身體裡逃逸出去，在朦朧的眼睛裡看起來，像是鋼青色的煙火。

「姚小哥，你還好吧？」我看到一張蒼老的臉孔，這不是跑去賣大腸麵線的陰差嗎？

我還活著。咳了很久，一陣陣的發虛。被迫再次面對自己的無能，我喘著，並且苦笑。

「喂，饒了你們就很好了，還在這兒裝模作樣？」老陰差吆喝著，「快滾！」

我這才看到，那個女孩還抱著我的腿，長髮覆面。她讓陰差罵得畏縮起來，轉身要離去，又戀戀不捨。

「真的不能在一起嗎？」她沒有轉頭，甜美的聲音不斷顫抖。

「不可以。」默默看著她的長髮也掩飾不住的糜爛傷口，「我得回家。」

她掩著臉消失了。

後來我有回家嗎？其實我不記得。我只記得昏過去的時候，聽到低低的哭泣。那哭泣的聲音……真的很熟悉。從小聽到大，一直都是這樣的聲音。

我問老陰差怎麼知道去救我，他的臉抽搐了一下，「這……當然是有人通風報信。」

會是誰呢？「……怎麼還不投胎去？」難道是因為我吃了她的心臟？我還她，我可以還。

「心裡擱著事情，怎麼走得開。」老陰差發著牢騷，「當人子女的自己保重，別讓父母放不下，那就是盡孝了。」

不知道是魂魄受了重傷，還是因為受寒，我生了場大病。但是再怎麼痛苦，我都沒有流一滴眼淚。

不能讓她，再有什麼掛心的了。

醫院開出來的診療書說，我病情惡化。

其實也真的是惡化了。被陰鬼這樣穿刺，我癒合的不太好的靈魂，又千創百孔，在發冷發熱之餘，連連暴吼，好幾次短暫的清醒時，發現自己被綁在床上。

但是我沒有流半滴眼淚。

我想回家，我真的好想回家。但是家人深恨我的畜行，不會讓我回去上香的。懷著絕望的鄉愁，和被鬼蝕傷的靈魂，我只能用淒厲的慘叫抗議，一聲又一聲，一聲又一聲。

但我還是，沒有流半滴眼淚。

在痛苦莫名的瘋狂中，我半昏半醒的夢見那個滿天流星雨的夜晚，和那杯甜美至極的水。我好想喝，好想喝……

上弦月像是一抹傷痕，蒼白的透過雲層看著我。我在昏沉中，看到楊大夫身後有著極大的翅膀，雪白的三對羽翼，將乾淨的水放在窗邊，晒著月亮的幽微光芒。

「喝罷。」他將水湊在我嘴邊，「本來我也很猶豫要不要救你……但是你也奇怪，既然那麼多眾生都屈服在你的魔力下，你的故事是他們的罌粟……為什麼不叫他們救你？」

我喝下了那杯讓月光晒透的水，迷霧被驅散開了，腦海中的清明擴大許多。

「……他們不是我的奴隸。」叫喊過度的聲音嘶啞，「他們跟我什麼關係？只是我的讀者。」

我說過，我性格軟弱。我沒辦法去利用別人……尤其只是幾本破書，和幾個漏洞百出的故事。精神上的潔癖太過，我甚至無法承受他們為我做的任何事情。因為我比誰都知道，我完全不值得尊敬和愛戀這種高貴情緒。

我不知道怎麼還，我也可能永遠還不起。

他幫我解開繩子，我呆呆的望著牆壁上的抓痕。那是我痛苦莫名的時候，拚命在牆上抓爬，將水泥牆壁挖出一條條小小的溝渠。

楊大夫沒有說話，若有所思的望著我。

「你要不要轉院？」他提議，「換個環境。而且，我所在的醫院比較『乾淨』，甚至可以給你某種程度的自由。」他頓了一下，「如果你還真的想繼續寫下去。」

「……讓我想想。」我訝異了。我相信楊大夫並不太喜歡我，就像我不太喜歡他。或許，因為他不會被我的故事入魔，我反而相信他。

那杯月光水讓我的魂魄傷痕漸漸痊癒，雖然是這樣疲憊欲死，但我真的好起來，而且可以坐在電腦前面寫我的故事。

若不是發生了一件事情，一個修到有點神經的散仙硬把「肉芝」血淋淋的塞進我的嘴裡，而其他眾生包括地基主都默許他的行為，我可能還舉棋不定。

不管怎麼嘔吐，我就是不能把那種血腥味吐出來。那是一個小人兒騎著馬，雖然小得只有食指高，但是他卻這樣暴力的逼我吃下去。

就怕我早早的死了，故事來不及寫完。

就算這種「肉芝」可以長生不死又怎麼樣？我真的心灰了。果然，我跟讀者不該混太熟。他們眼中的「對我好」，只是讓我更痛苦。

我又吃了人了。

吐到膽汁和血都跑出來，虛弱的倒在洗手間，我沒有落淚，只是失去了活下去的力氣。

「喂！」小司從外面走進來，嚇壞了，「你是怎麼了？沒個人扶你嗎？發生啥事了？」他將我拖起來，粗魯的扔在床上，隨便拉了條布在我臉上亂擦。

雖然知道那條是抹布，我也沒糾正他。「……他們逼我吃了肉芝。」

「噁。」他皺緊眉，像是也想吐，「怎麼逼人吃那個？多噁心。」

我笑了。當一個人不能哭的時候，也只能笑了。

「小司，你喜歡我嗎？」我拉著他的手，輕聲的問。

他唬的一聲往後跳，「你幹嘛用那種娘們的語氣和模樣問人？」他拚命的撫著雙臂，「我只喜歡看你的小說，可一點都不喜歡你這個陰陽怪氣的傢伙！」

「那好。」我點頭，「我要轉院，你跟我來吧。」

「我？為什麼是我？」他大嚷大叫，「我有那麼倒楣嗎？我相信別人會更想去吧？為什麼是我啊～」

呵呵，因為你不喜歡我，更不會逼我吃下任何東西，你是個……非常單純的讀者。

我是個卑鄙的人。既然我沒有能力對抗這個世界，我需要一個人擋在我前面，而他，不喜歡我。

最後我轉院了，也告別了這邊的眾生讀者，說我不告而別也是正確的，只是臨行前我說了一個故事，讓他們再也不能去找我。

後來我轉院了，當然也又發生了一些故事。有些時候楊大夫會默許我到處亂走，小司是最可憐的，可以化為人形的他，苦著臉跟著我到處亂竄，還得負責保護我這個脆弱而鬼氣森森的人。

當然，我也還在寫作。至於鬼魅，也沒有放棄過將我拖入黑暗中。

我凝望著深淵，而深淵也用綠汪汪的眼睛，凝望著我。

咯咯咯咯。

（姚夜書第一部・陰差　完）

姚夜書
第二部・天聽

楔子

「或許你可以考慮出院。」推了推金邊眼鏡，楊大夫的眼神沉穩淡漠，「許多比你瘋狂的人理直氣壯的活在這個世界上，並且認為自己才是正常的標準。」

我勉強抬起頭。自從被迫吃下肉芝後，我許久沒有進食，也沒有開口。一張嘴，只覺得喉頭乾澀，聲音沙啞的像是烏鴉臨終的哀鳴。「……因為我還沒學會那麼無恥。」

然後我再也無力支撐，讓頭軟弱的垂下去。

他默默看我很久，背著光。然後轉身。

「楊大夫。」我喚住他，「我還想寫下去。」所以，我不想死。我不想死於食肉的飲食障礙，我不想死於眾生讀者自以為是的關愛中。

溺愛，溺愛。果然愛的本質是種乾燥的溺斃。

我還要寫，我還想寫。不寫我什麼都不是……但我已經連坐直都不能了。

他站了一會兒。「……明天我來帶你走。」

*　*　*

我走了。

臨走前，我說了最後一個故事給眾生讀者聽，聽完以後，誰也不能來找我。我知道，這很殘忍。但是，對不起，讓我一個人，讓我靜一靜。因為除了說故事，我什麼都不要。

你們圍著我我沒辦法寫，你們所謂的為我好，我沒辦法寫。

所以，當小司答應跟我走，卻又反悔，我只是望著他。

「我很討厭你，但你的故事是我的癮。」小司的神情非常愴然，「我很想跟你走，但我有更重要的事情得去做。」

我並沒有留他。

我是這樣的人，我就是這樣一個沒有心肝、沒有感情的瘋子。我要小司跟著來，只因為他是陰差，可以替我擋掉一些災厄，最重要的是，他厭惡我，就這樣。

所以他的為難，他的痛苦，他的欲言又止，只能得到我冷漠的一句，「是嗎？」

他望了我很久，我卻沒有開口。當然，我可以說個故事，讓他死心塌地的問，「後來呢？」

然後他就會留下來。

我沒這麼做。很疲倦、很累，很噁心。我連水都幾乎喝不下去。我以為關於肉、屍體、作嘔的口感都已經淡忘……終究只是自己欺騙了自己。我以為讀者給我的傷害已經不會再發生，眾生應該是較為睿智的閱讀者，但我還是誑了自己。

「你去吧。」我起身，走出這個蝸居許久的病房，跟在楊大夫後面，沒有再回頭一眼。

一路上，楊大夫都陷入沉思中，我只是闔著眼。

「如果可以說服你出院，或許比較好。」長久的沉默後，楊大夫開口了。「本來想把你安排在我所在的本院……但最近發生了一些事情，病房住到爆滿。而我一點也不想安排你去分院。」

「沒關係。」我沒張開眼睛，「只要離開這裡就好。」

「分院並不是個『好地方』。」

緩緩睜開眼睛，我望著楊大夫的瞳孔。非常澄澈、乾淨，接近無情的美麗。讓我看見自己的蒼白和陰森，像是一抹幽魂，只狂著想寫作的精神病患。

「沒有所謂的『好地方』。」我對他笑了笑。「這個世界早就已經是煉獄了……咯咯咯咯……」

的確，這個世界早已經是煉獄了。

當我走入我的「新家」，必須撥開垂在我肩膀上的足尖才能走向我的床時，這樣的認知又更深了一點。

「歡迎來到沒有底的痛苦深淵。」我抬頭望著懸在樑上搖搖晃晃的女子，「小姐，就妳一位嗎？」

她半轉過臉，幾乎突出眼眶的眼珠，死死的望著我。髮間白白胖胖的蛆，不斷的滾下來。

這是個取材的好地方。咯咯咯咯……

第一話　深淵

甫轉院，我就成了這個分院的「名人」。

讓我有名的原因不是我的單人病房上吊了一個護士，而是我居然視若無睹的撥開她搖搖晃晃的足尖，若無其事的坐在病床上，抬頭仔細看著開始腐爛的死人。

我相信，這樣的舉止在醫護人員之間當然不會獲得鎮靜這類的好評。反而是我的過往病史一再的被渲染誇張，最後成為一個啖食生母的妖魔。

看著我的眼光有厭惡、好奇、鄙夷……更多的是深深的恐懼。

我想，他們對我的恐懼實在是很沒有必要。任何一個健康的人、哪怕是個女人，都可以輕鬆的將我打倒在地。但我懂，我真的懂。

因為他們看得到我，所以有恐懼的對象；對於我房裡的這個「室友」，他們看不到，自然也無從恐懼起。

雖然她的屍體已經從這個房間抬了出去，但她依舊在天花板吊著，搖搖晃晃。

我不知道她的死因，而且她也不說。說不定是繩子太緊，所以她說不出話來。但她實在是個很安靜的室友，雖然知道我看得到她，但她並不試圖引起我的注意，反而在我經過的時候，會將腳縮一縮，讓我過去。

如果她大吵大嚷，我可能連抬抬眼皮的興趣都沒有。她死的時間還太短，還不夠讓她作祟。等她能夠作祟，我說不定還活不了那麼長。

但她這樣安靜，帶著認命的幽怨，這反而讓我感到有趣。不過，我的截稿日快到了，反正她的生命已經結束，時間無窮無盡，當然也不在乎這小小的耽擱。

我在這死過人的病房裡獨居，埋首寫稿。醫院的伙食很差勁，但素食就真的是素食。據說這家醫院的廚師吃長齋，我的伙食和他是相同的。去除了食物的憂慮，我漸漸的恢復體力，也漸漸的趕上進度。

雖然我跟出版社說，寫完就e-mail過去，但編輯還是驅車來到醫院拿稿。

「環境看起來還不錯。」編輯望著窗外的翠綠群巒，稱讚著，「風景優美。」但他侷促不安。

我沒說話，只是啃著指甲笑。

「這個……」他小心翼翼的問，「這間病房還是、還是……你當初住進來那間嗎？……」

我點點頭，編輯的臉孔刷的慘白，連忙低下頭。看他那麼害怕，我將目光移開。不知道或許比較好……還是別告訴他，他正坐在那女孩的足尖下。

「你怎麼不換間病房？」他又怕又氣，「怎麼搞的？發生、發生這種事情，居然還讓你、讓你……」

「有的。為了讓警察調查，他們讓我去住了幾天四人房。」我淡淡的安撫他，「是我不習慣，央求讓我住回來……精神病院的病床很缺的。」

「是呀，最近簡直像是流行病似的，老有那種瘋子……」他尷尬的閉上嘴，「夜書，你是可以出院的。」

定定的望著他，他漸漸害怕起來，鬆了鬆領口。其實我不是望著他，也無意驚嚇他。但這是精神病院，破碎的心靈往往招來許多厲鬼邪魔，而這個群巒環繞、風景優美的療養院也不例外。

我的室友很安靜、羞怯，但不代表其他「人」也如此。

望著編輯頸側伸出的那雙潔白手骨。嗨，對，我看得到你們。我知道你們對生命如許貪戀，我知道你們對生命如此忌妒。但你們不想魂飛魄散，最好安分一點。

「咯咯咯咯……」我笑了起來。那雙潔白的手骨立刻縮回黑暗中，和其他不知道是什麼的陰影，如退潮般，消失得乾乾淨淨。

「夜、夜書，你你你……你嚇到我了。」編輯結結巴巴。

你該怕的永遠不會是我。但我感到舒適的疲倦。整個人空空的、飄飄然的疲倦。那是將自己的靈魂完全淘乾，書寫過度後的、灰燼似的疲倦。

「我並不想嚇你。」我有些遲滯的坐下來，「編輯，不要太晚回去。你會平平安安的回到家裡。」

他默默的收走光碟，「……夜書，我們認識很久了。真的不希望你在這裡吃苦……」

我，吃苦嗎？

「我很好。」凝視著虛空，「只要還能寫，我就很好。」

編輯走了以後，我陷入精疲力盡的睡眠中。

我很累，但睡得很不穩。小說裡的人物依舊在我夢境裡穿梭，騷嚷不休，這是每次完稿後的症候群，除了默默忍耐，別無他法。

等我從疲累的夢中醒來時，發現「室友」像是個特大號的晴天娃娃，半轉過頭，用幾乎掉出眼眶的眼珠子看著我，那樣可怕的模樣卻有一抹遲疑的擔憂。

「……我說夢話了嗎？」

她似乎被我嚇了一大跳，連忙將臉埋在長髮下。

我並不愛管閒事。但共處了幾個禮拜，不能算是陌生人吧？如果知道她的名字，或許可以為她做些什麼，但我不知道她的名字。

雖然沒有這麼做過，但試試總無妨。

「為妳說個故事，好嗎？」

我為她說了一個沒有寫完的故事。那是一個發生在古老年代，仍然會將女巫曝日祈雨，或者在天災的年頭，將年幼的童女活活吊死，祈求神怒平息的年代。

那個可憐的童女就這樣被自己的父親親手吊死，可能是天賦、或者一些靈力，她無法安息，只能痛苦的依附著腐敗的肉體，卻天天祈禱父親可以將她抱下來，帶她回家。

直到一個路過的妖族憐惜這樣早逝悲慘的年輕生命，將她抱下來。

上吊的女子聽到入神，臉孔蜿蜒著淚。她嘶啞的問，「……後來呢？」

「妳若不下來，我怎麼告訴妳『後來呢』？」

「我……我、我不能，他要我留在這……」

他？「他是誰？」我反問。

「他？他……他是……」她露出迷惘追憶的神情，「他……他是……」

啪的一聲，她脖子上虛幻的繩子斷裂了。我看到雪白的光閃爍，像是一種看不懂的文字，很快的沒入大氣中，消失了。

她手足無措的落地，摸著自己的脖子。看到我注視著她，她掩面，「不不不，別看我，別看我……我很可怕、很可怕……」

真正可怕的，從來不是鬼魂。是貪婪、是執念，而不是原本是人類的鬼魂。

「妳不是想知道後來怎麼樣了？」我打開筆記型電腦，開啟那篇殘稿的檔案，「妳可以自己看。」

她微張著嘴，著迷的看著那個故事。而我找到了梳子，幫她將頭髮梳整齊。

這是從地基主那兒學來的。「梳髮」是一種重要的儀式，尤其對女人而言。梳髮可以讓人心情平穩下來，對於鬼魂來說，梳髮是種安撫，能夠重整自己曾為人的記憶。果然，在梳髮的過程中，她的容貌漸漸和生前沒有兩樣，舌頭也可以縮回口腔。

或許她不是個美女，卻有種楚楚可憐的清秀。

等她從殘稿中清醒過來，帶著惆悵問，「為什麼沒有寫完？」她除了蒼白點以外，已經和人間少女無異。只是胸前還殘留著混著血的唾沫痕跡。

「……這是從虛空中閱讀到的『故事』。他們後來的故事還沒發生，所以我還不知道。」

她望著我很久，茫然的。「那麼，你讀得到我的故事嗎？」

我並不是神。當然，我想要的時候，還是可以辦到，但很花力氣。不過，我不忍拒絕她，雖然不明白為什麼，但我不忍心。

結果，我發現，我居然「讀」不到她的故事。

這太奇怪了。我只讀到一片空白。說是空白也不太對……像是她的故事用鉛筆寫就，卻被擦拭得一乾二淨。當中有些倉促的痕跡，但也辨讀不出來。

從來沒發生過這種情形。隱隱的，我感到危險、甚至有些恐懼。

「……妳叫什麼名字？」

「我叫……」她愣了一下，眼神空洞，「我、我叫……我叫什麼呢？」

我突然，覺得有點冷。

我所在的療養院，位於山區，綠意盎然，樓牆爬滿了藤葛，幽靜而美麗。

這是中部市立療養院的分院，收容著中度以上的病患。雖然幾乎是沒有痊癒希望的精神病人，但依舊有輕重之別。真的完全不知人事的，收容在三樓以上，過著和植物人沒兩樣的生活，其他尚有行動能力、部分生活可以自理的，住在三樓以下。

分院共有三棟，一棟是醫護人員辦公大樓暨急診處，一棟是男病患的，另一棟收容女病患。

雖說只收中度以上的病患，但最近的精神疾病像是瘟疫般蔓延，病床吃緊的情形下，有些輕度病患不得已送到這兒來。譬如我，和一些被軍隊送過來的阿兵哥，還有一些憂鬱症患者。

院方為我們這些輕度患者安排了散步時間，一天有幾個小時，可以到天井晒晒太陽。

我向來是獨來獨往的。越正常的人越希望離我遠一點。尤其是那些阿兵哥……我明白，他們也明白，自己什麼病也沒有，只是拿著這流行病當幌子，好脫離枯燥乏味的兵役罷了。

這些正常人保有著正常的生物本能，知道要遠遠躲避我的鬼氣。他們總是蹲在一起抽菸，對著女病患的病棟齜牙咧嘴，偶爾有比較平頭整臉的，就大呼小叫的吹起口哨。

其實想打聽什麼事情，問他們最明白。但他們害怕我。

第一次，我對這種情形感到挫折，甚至嘆了口氣。

「頭回聽到你嘆氣欸。」蹲在我身後的老頭赫赫的笑，「我還以為你是鐵皮做的，聽護士說，你看到死人，連眉毛都沒皺一下。」

「死人不可怕，活著的人可怕多了。」

老頭笑得更大聲，「是個翻過跟斗的！抽根菸？」

我搖搖頭。他眉間有黑氣，壽命快要終了了，這可能是他不畏懼我的緣故。我跟他聊了一會兒，他說自己的腦子住了另一個人，不時會昏迷，做些自己都不知道的事情，「那傢伙知道我要死了，頭也不回的走了。呸，沒義氣的東西！」

他很健談，不發病時是個歡快的人，護士都喜歡他。我心裡動了動，「……你知道死在我房裡的護士小姐叫什麼吧？」

「知道呀，阿梅嘛。小可憐兒似的，老被學姊吃得死死的……」

「她姓什麼？全名呢？你知道嗎？」

「我怎麼會不知道？我老吳可是這院裡的包打聽！她就姓……姓……」他露出迷惘的神情，摸著粗短白花的頭髮，「怪了，怎麼話到舌尖兒就忘了呢？她明明跟我很好呀！她叫什麼梅呢……？」

最後，他答應我，一定打聽出「阿梅」的真名給我。

第二天，他給我的答案讓我錯愕。

這位叫做阿梅的女孩兒，在院裡服務三年的護士小姐，居然沒有人想得起她的全名。

像是她的名字用鉛筆寫就，被粗魯的抹煞了所有的痕跡。

老吳說，想不起姓名本來不算什麼大事。大家都在醫院裡工作，頂多叫名字，誰會記得姓和全名呢？他有點不服氣的拜託護士小姐去幫他查一查，總有名冊，再不濟也有排班表吧？

但是跟阿梅有關的排班表都不見了。護士們七嘴八舌，有的說是資料室搬家丟了文件，也有人說警方拿走了排班表，沒什麼人很認真的去看待這件怪事。

「但是，小夥子，我覺得不對勁。」老吳壓低聲音，有些興奮，也有點恐懼，「護士小姐是有名牌兒的，你知道吧？」

我點了點頭。這分院規定，醫護人員要把名牌別在胸前的口袋上，每個人都有個小小的名牌。

「阿梅啊，有個備用的放在她的櫃子裡。」他四下張望，確定沒人的時候，緩緩的攤開他的手掌。

那是個小小的、護貝過的名牌。從外觀來看，並沒有破損。

但這個沒有破損的名牌，卻只勉強可以辨識出後面的那個「梅」，前面兩個字都被墨染污了。

她的名字，被吃掉了。

「你為什麼會突然問這個？」老吳問。

我總不能告訴他，阿梅現在還在我房間吧？

「沒什麼，單純好奇。」我淡淡的回答，「剛住進來就看到有人死在房裡，隨便誰都會覺得奇怪吧？」

「別說你覺得奇怪，我也覺得很奇怪。」老吳咕噥著，「阿梅雖然像個小媳婦兒，動不動就哭，卻怕痛得很。她失蹤前一天，還跟我有說有笑，勸我信佛呢……」

「失蹤？」

「唷，她一夜沒回宿舍，舍監以為她沒請假就外出，氣得很。但那晚門口的守衛還見她行色匆匆的進了醫院，卻沒人見她出來。整個醫院翻騰，就是沒找到人，誰會想到她會在這上鎖的空病房上吊？說也奇怪，門鎖得好好的，她怎麼進來的？」

我想起站在「新家」門口的時候，醫護人員用鑰匙開大鎖。那是個單獨的鎖，像是鎖機車那種。醫護人員嘮叨的跟我解釋，有些病人會偷溜到空病房，讓醫護人員虛驚一場，所以才鎖得這樣嚴謹。

「有個窗戶是破的。」我進門的時候還看到一地碎玻璃。

老吳不以為然，「阿梅的膽子沒老鼠大，她怎麼敢爬到二樓打破窗戶還爬進去？」的確很不尋常。但更不尋常的是，跟我分別後，老吳當晚就猝逝。

我不懂。當然，我知道老吳大限不遠，但怎麼會呢？他的時間應該還沒到。

我裝作不經意的在護理站前面裝開水，護士們驚慌的低語。從破碎的絮絮細語中，組織出老吳不是死於心臟病，而是藥物過敏。

當然，他一個住院幾十年的老病患，不會有人為他抬棺抗議的。看起來是很普通的醫療疏失，就像阿梅也是很普通的上吊。

大概只有我這瘋子覺得不尋常吧。

因為，我也不記得老吳的全名。他明明告訴過我。

閉上眼睛，我試圖從虛空中「閱讀」他的故事。得到相同的空白，和阿梅一樣。

我不懂。

回到病房，阿梅靜靜的在角落翻閱我的書，當然，是我燒給她的。我踱到窗前，望著中庭。一個醫生匆匆的走過去，我知道他，當然也知道他的名字。

然後，試圖「閱讀」。

我很難跟你形容「閱讀」別人的人生是怎麼回事。像是許多幻燈片飛快的刷過去，無數畫面，你還沒看清楚就換下一張。但你懂裡頭的意思，你會「閱讀」到他所有過往，非常快速，或者是因為超量處理這樣的資訊，會產生極度暈眩，然後吐出來。

於是我跪在地板上乾嘔，全身顫抖、疼痛，冷汗不斷的滴下來。

這是代價。這就是未經同意「閱讀」他人人生的代價。有些人願意讓你閱讀，通常是含冤的死人，閱讀活人、或者是防備心很重的死人，就會有這種痛苦莫名的反應。

就算有這種能力，我也不是隨心所欲可以偷窺別人人生的。

「你不要緊嗎？」阿梅飄過來，滿眼的驚慌害怕，「我去叫醫生……」

咬緊牙關，我深深吸了幾口氣，「……別，我沒事。」

「這樣不行，我還是……」她想按呼叫鈴，卻撈了一把空。她愕然、漸漸悽楚的表情讓我很不舒服。

瘋狂侵蝕了我的心靈。所以我對任何負面情緒都沒有抵抗能力。哪怕是一隻橫死鬼魂的悲慟，都會讓我痛苦、非常痛苦。

「我會想辦法……」我喃喃的、陰鬱的說，「我會想辦法的。」

我的能力沒有絲毫受損。但是阿梅和老吳的名字就這樣被吃掉，而他們的人生只剩下潦草的空白。

我不懂……我真的不懂。

坐在電腦前面，我開始用一條纖細的網路線搜尋。老吳可能沒有，但阿梅不該沒有。她念過護校，學習過程中，校方只要電腦化就可能有她的名字。再不然，這個市立療養院也該有她的資料，不可能什麼都沒有。

再不然，也還有新聞報導。

工作了一整天，我遇到很大的挫折。我找到她國小畢業照、國中畢業照，甚至我從那童稚的影子裡看到她，但她所屬班級的資料不是損毀，就是網頁無法開啟。

而分院的網頁，是根本失去連結。

我找到她上吊的新聞報導，但是新聞報導給她的名字是「ＸＸ梅」。

太奇怪了。她並不是未滿十八歲的兒童，為什麼需要掩飾她的名字？你要知道記者基於「群眾得知真相」的大義，總是超然於「廉恥」的標準之外，不要告訴我，嗜血的記者突然憐憫起她的遭遇，所以幫她掩飾名字。

這個時候，我產生很沉重的無力感。

一個關在精神病院的瘋子，能夠得到的資訊就這麼多。當然，我若願意，會有許多眾生甘願讓我驅策。

但我不願意。

我是個普通的、無用的人類。除了寫作，一無所有。憑什麼讓眾生因為幾個漏洞百出的故事，為我賣命、供我使喚？將來我勢必要付出沉重的代價，而我早就承受不起任何償還。

嘆了一口很長的氣。我瞥見msn名單上面有個讀者上線了。他是個報紙社會版的編輯。

「有件事情想問你。」我丟了一則msn給他，「關於一個新聞報導。」不知道是在忙，還是被我嚇到，他好一會兒才回音，「姚大，這新聞有什麼不對頭？」

「名字。」

「……真奇怪。這個記者我認識，我幫你問。」他遲疑了一下，「姚大，有什麼問題嗎？」

問題？說不定什麼問題也沒有。「我在取材。是的，我在取材。」

我得到的比我想像中的多。

那位記者也糊塗起來，不知道為什麼要掩飾名字，但他給了我一些死者的背景資料。

很普通的女孩，念完護校，就在分院工作，幾乎沒什麼興趣。父母在她國中時先後過世，因為父母年紀都很大了，相對的，親近的親戚幾乎都沒有。

至於死因，因為沒有留下遺書，所以成了一團謎。這在每天都有死人的都市裡，完全不足為奇。

看著記者寄給我的資料，我越來越蹙眉，然後我不經意的看到記者採訪她道場朋友的對話記錄。

……道場？

像是有什麼東西在我心裡猛烈閃爍。我仔細閱讀那段記錄，當然看不出什麼蹊蹺。但我是個很容易沉迷的人。許多無用的知識，在取材過程中，往往不可自拔。我會閱讀大量文獻，在可能正確也可能錯誤的網站上流連忘返，或許我會遺忘細節，但研究過的取材資料往往還記得一些關鍵字。

當我試圖誘使阿梅從虛幻的繩子上下來時，那根虛幻的繩子發出奇異文字的光芒，急速的消失在大氣中。我確信我是見過的，但我想不起來在哪見過。

但是「道場」，和該道場信奉的黃教，讓這一切串連起來。

那是真言。

我想，這就是讓我下意識恐懼，並且覺得危險的緣故。

「阿梅，」我沒有回頭，「是誰引妳去道場修行呢？」

「是盧醫生……」才剛說完這句，她突然發出急促哮喘的聲音，倒在地上痙攣。

我衝到她身邊，發現原本消失的繩子，又勒回她的脖子，並且不斷縮緊。她再度回到瀕死的狀態，所有死前的痛苦一起襲擊而來，重複又重複。

「阿梅，阿梅！」我拍著她陰冷的臉龐，「妳已經死了！這些痛苦也不存在！扔回去！把這些痛苦扔回去！」

她花了很大的力氣才能照我的話做。她可能想起什麼，也可能什麼都沒有想起，但她翻起眼白，表情越來越猙獰。如果可以，我真的希望能為她做些什麼……但她快要化為厲鬼，我卻無能為力。

瞥見我剛印出來的、最近才寫出來校對的稿子，我一把從印表機搶下來，抓到浴室的洗手台燒了。「阿梅！妳不想看我的新稿嗎？」

她的表情空白了一下，哆嗦的像是發了毒癮，「給、給我……快給我！」她拿到還發著火光的稿子，一行一行，專注的看下去。因為專注，她原本的猙獰一點一滴的平復，雖然還殘留著狂氣。

第一次，我覺得這該殺的天賦有那麼一點用處。

「盧」雖然不是什麼罕見的姓，但也不是那麼常見。

這個分院，是有個盧醫生，負責女性患者那邊。等我見到她的時候，呆了一下。居然是個俏麗時髦的女醫師，我原本模糊的猜測被推翻了。

當我失望的轉過頭，她居然走過來，笑吟吟的問，「你就是那位作家吧？姚夜書？」

微偏著頭，我只轉過眼看她。瘋狂宛如洪水，將我侵蝕得非常深。我在不自覺中，會流露出這種神情，一種空白呆滯、宛如精神病患的神情。

護士和醫生會因此被驚嚇。比起意識不清的病人，清醒的瘋狂更讓人恐懼。

但她卻氣定神閒的微笑，鎮靜得異乎尋常。「果然是。我看過你的小說呢，真是……怎麼說？令人難以相信的想像力，雖然在病中，依舊擁有這樣閃閃發亮的特質……」

「畢卡索也有精神分裂。」

她停住了微笑，悲憫湧了上來。「但你不用跟他走向相同的結局。畢卡索最後走向末路，是因為他沒有信仰。但你還來得及。」

我幾乎相信了她的話……幾乎。她極力邀請我週末來活動中心參加上師的說法大會。

我答應了。「……阿梅，也參加過嗎？」

她眼底掠過一絲難解的情緒，「是。可惜她意志太軟弱，居然走上絕路。我相信你夠聰明。」

深深望她一眼，我沒說什麼。

我若夠聰明，就該視而不見，而不是自己去蹚這灘渾水。我若夠聰明，就該壓抑自己的好奇心。

走進房間，阿梅將頭靠在牆上，屈膝坐在牆角。她眼神渙散的看著明亮的窗外，卻連追憶過往都辦不到。

我承認，我不夠正常，但也不夠瘋。夠瘋的話，我就可以無視她的空洞；夠正常的話，我就不會看到她。

「我只是不習慣，」喃喃自語著，「不習慣有我寫不出來的故事。」只是這樣而已。

「咯咯咯咯……」在夜幕低垂、黃昏與黑夜的交界，我笑了起來。

阿梅瑟縮了一下，像是鬼魂的她，也感受到極度的寒冷。

* * *

週末，我去參加了說法大會。

聽沒多久我就開始無聊、氣悶。我若想參加這種「心靈饗宴」，乾脆去參加卡內基算了，最少課程還有趣些。

來講道的是個年輕的上師——最少作為上師他很年輕，應該不到四十歲。據他說，他是活佛親手加持的仁波切，而且還在大學教書。

環顧四周，護士們表情非常虔誠、沉醉。她們看著仁波切的表情像是看到明星，狂熱也相似……所以說了再多錯誤百出的鬼話也沒人會發覺。

好不容易，熬完了兩個小時的說法大會，我如獲大赦的站起來。但上師卻微笑著排開圍著他七嘴八舌的護士，走上前。「你是姚先生？」

我看著這個跟俗人沒兩樣的上師，點了點頭。

「聰明人心思總是太繁忙，沒辦法空出來容納其他。『空』是很重要的，你說是嗎？」

「空到底跟死有什麼兩樣？上師？」不知道為什麼，我轉眼盯著他，「上吊的阿梅夠『空』了吧？」

他望著我，依舊是微笑著。然後他摸了摸我的額頭，我想閃，但在他的注視之下，居然閃不過。

我看到深淵。我在他的眼睛中，看到深淵。

周圍的一切，幾乎都聽不見。只有他的聲音非常清晰。他將一本小冊子塞進我手裡，「你該多親近佛法，才能得到幸福。這裡有我的網站，偶爾也來看看吧。」

像是大腦被徹底痲痹，我無法思考。這種感覺很熟悉……像是被附身的感覺。像是所有的情感都喪失了，我看見自己緩緩轉身，走回病房。明明知道不對，但我像個局外人，看著一齣沒有聲音的恐怖片。

主角，就是我自己。

坐在電腦前，我機械的打出那個網址。然後一聲尖叫，一聲像是要割碎靈魂、極度痛苦、慘烈、充滿不敢置信和崩潰的尖叫，筆直的貫穿了我。

我溺水了。從螢幕滾出無數黑暗淹沒了我。這些蠕動的黑暗……是由無數的螻蟻、蠍子、蜈蚣、毒蛇等等毒蟲所組成，每一隻都是黑色的，密密麻麻，無止無盡的淹沒了我。侵入我的口腔、耳朵、鼻孔……並且啃噬著。

所有的感官混在一起：痛、痠、麻、癢……我被割碎、細絞、翻騰，並且無法呼吸。蟲蛇構成的黑暗幾乎將我溺斃，淹沒了我整個房間。

只有一小團光亮，非常明亮柔和的陽光，在我頭頂。

奮力泅泳，求生的本能讓我游向那一小團光亮，只要把頭伸出去……我就可以得救了。

終於碰到那團光亮，並且把頭伸出去的同時……我的脖子，被緊緊的勒住。

清醒過來，但已經太遲。

我上吊了。跟阿梅一樣。驚慌失措的她，空洞的依著我的足尖，無能為力的看著我掙扎，漸漸死去。

這是最糟糕的狀況。

我很痛苦、痛苦得不得了。但更糟糕的是，我知道我不會死，就算死了，也會活過來，因為我吃過肉芝。

但那是多久以後？萬一在焚化爐醒來呢？

努力掙扎，但力氣不斷消失……因為不會死，所以痛苦延長許久許久……像是對我的掙扎不耐煩，細細的繩子突出極長的刺，像是戳入豆腐一樣插入頸動脈，看著鮮血噴湧，我怕我還沒勒死，已經失血過度死掉了——或者陷入假死。

就在這個時候，我聽到了一聲巨大的「嗡」。那聲音是這樣有力、清亮，銳利的像是一把刀，割斷了繩子。

摔到地板上，像是摜斷了全身的骨頭。失血加上摔摜，好一會兒我連動都不敢動，呼吸都會引起一陣陣的劇痛。

阿梅怕得不知道如何是好，她落著透明的淚，緊緊依在我身邊。我覺得更溼冷、虛弱，但沒叫她走開。

就這樣躺在自己的血泊裡，望著空中搖搖晃晃的斷繩。真奇怪，我居然聽到大提琴的聲音。

低沉、明亮，帶著天真的性感。歡快奔放的流洩在整個蒼白的病房裡，安撫了我的疼痛，我甚至可以感到傷口癒合的麻癢感，陰鬱、傷痕累累的靈魂，像是被暖烘烘的太陽晒透。

很舒服。

但那段斷繩卻像被燙傷的蛇一般蜷曲、屈張。繩上無色的真言扭曲著逃離，融入大氣中，斷繩也隨之消失了。

我一直躺到大提琴的樂音消失，阿梅臉上露出迷濛的幸福感，我相信她也聽到了。

但這裡，是精神病院。誰會在這裡演奏大提琴？

我疲乏的爬起來，衣服上滿是乾涸的血漬。我沖了個澡，脖子上的傷痕幾乎都癒合了……留下暗紅的一圈痕跡，和頸動脈上細小的、管狀的疤痕。

我很疲倦。是失血過度的疲倦。我垂首讓暈眩感過去，開始用換下來的衣服擦拭地板。

是我，是我自己決定不要跟任何人、任何眾生有瓜葛的。是我自己輕率的踏入陷阱，所以我也得自己結束這件事情。

但我還是很感謝演奏大提琴的人……不管他是人還是什麼。

我望向螢幕，沒有尖叫，沒有扭動的黑暗。就是一個平常的、自吹自擂的個人網站，放了很多上師的照片，還有他寫過的書——《歡愉》。

那是本講述「雙修法」的書。內容我就不想多描述了，反正跟房中術那類差不多。如果你不知道什麼是房中術，我建議你去網路搜尋一下，不然找一下古典色情小說看應該也有。

總之，就是用男女交媾「修行」的方法。

我扶著額，笑了出來。沒想到……真沒想到，我苦苦追尋的真相會是這樣古老、平板，老梗到不能再老梗的神棍騙色悲劇。

但不知道為什麼，我想哭，很想哭。

發了一會兒呆，打開word，望著這片空白很久，我敲下幾個字：「謝謝妳。」

像是某種聲音，某種遲滯、緩慢，古怪而甜美的聲音透過我的手，回了幾個字。

「不客氣。」沉默片刻，「她，我救不到。但你聽得見，幸好。」

「妳是誰？」

又沉默了很久很久，她說，「我是莉莉，但又不是莉莉。」

「我怎麼叫妳？」我覺得像是在打啞謎，「像是非廣告那樣，喊妳非莉？」

「呵，不錯。」她古怪甜美的聲音在我心底迴響，「就這麼叫好了。姚，世間有很多悲劇。不要哭。」

這時候，我卻哭了。

這大概是女鬼留給我的禮物。

我之所以會發瘋，是因為有個據說和我祖上有仇的女鬼，附在我身上所致。後來我說了個故事給她聽，讓她被陰差帶走，但她的恨意與執念，一直留在我身上。

被鬼氣浸潤透的我，因此就回不了正常人的行列，外貌越來越女性化，或許連心性都是。

我會落淚，可能就是這種女性化的同命感導致。

第二天，我強忍住失血過度的暈眩，到中庭散步。盧醫生看到我，臉孔刷的慘白，沒錯，她不是一無所知的，說不定比我想像的知道得多。

我可以說故事給眾生聽，當然也可以說給人類聽。

「盧語嫣。」我喊著她名牌上的名字，「妳過來，我說個故事給妳聽。」

她迅速結起一個手印——大概是手印，我不太懂——顫著聲音，「你不能問我，走開！」

「我沒有要問妳。」我盯著她，「我只是想說個故事。」

「我不……」她還在抗拒，我已經開始說了。

我說了一個關於上師和雙修的故事。一個篤信佛法、嫻熟真言咒術的男人，卻沒有辦法終止自己的心魔。他尋求許多法門，卻發現沒有可以讓自己心魔降伏的辦法。

瞥了她一眼，她眼神朦朧，陷入極度著迷的神情。和許多著迷的眾生相同。

「那男人嘗試了許多方法，就是沒辦法克服對情欲的渴望。最後，他看到了一尊歡喜佛，在那個瞬間，他的心魔找到了歸宿，他認為自己找到篤信佛法和安撫心魔最好的道路。」

於是，他皈依了。但他不是皈依於佛法，而是皈依了心魔。因為他的皈依，心魔越來越大，滿意的吞噬下他，並且用佛法當幌子，吞噬了更多女人。

「……大部分的女人都會把嘴閉上。」我低低的在盧醫生耳邊說，「有的女人甚至違背自己的良心，說服自己，也說服其他女人成為祭品。妳也是嗎？盧醫生？」

她發起抖來，眼神狂亂，「我、我不知道……然後呢？」

「然後，有個內向的小護士不甘受辱，她決定要拆穿這一切……上師感覺到危險，迷惑住她，令她自殺，在她死後，取走了她的名字。」

沒有名字，不可能投胎轉世，連厲鬼都當不成，當然更不能揭發他。

「……然後呢？」盧醫生喘了起來，她心跳非常快，快到我都聽得見。

「然後，那男人的同謀發現有個老病患在醫院裡東問西問，到處亂翻，甚至找到疑點。」我頓了一下，「那位同謀是醫生，神不知鬼不覺的，替那位老病患打了一針盤尼西林。然後，也取走了老病患的名字。」

她顫著唇，開始掉眼淚。「然、然後呢？」

我很疲倦，也非常厭惡。我不知道這種該死的天賦有什麼意義，我這樣偏執的追查有什麼意義。

阿梅不會活過來，老吳也不會。

但我想殺了她。我想殺了這個自以為高人一等，純潔無暇的偽善者。我想給她一個慘烈無比的結局，就算逆轉了規則也無所謂。

「後來……」當我開口的時候，突然一窒。視線，有視線像是烈日般灼燒而來。

我回眼，發現視線從女病患那棟傳過來。距離這麼遠，我應該看不到才對。但我看到一雙灼灼的大眼睛，專注的望著我。她在虛空中撥了幾下弦，嗡嗡然。

是她，非莉。滾燙的怨恨冷卻下來。我覺得悲感而蕭索。

「……然後那位醫生回家思索自己的罪惡，」深深吸口氣，「不再當醫生，也不再見那男人。」

盧醫生大夢初醒，瞪了我好一會兒，突然大叫一聲，踉踉蹌蹌的逃跑了。

我扶著額，感到一陣陣劇烈的頭痛。

我將說給盧醫生的故事寫出來。修飾粗糙的段落，添加更多細節。很可惜我一直被打斷……因為這些細節讓我嘔吐。

坦白說，可以的話，我想跳過這些細節。但我像是被一種高漲而熾熱的憤怒驅使，沒辦法略過。我恨這篇小說，我恨這些罪行，我恨這些赤裸裸的貪欲，但是再怎麼恨，我完全沒辦法控制的拚命寫、然後嘔吐。

阿梅嚇得縮成一團。事後她告訴我，我在寫這篇小說的時候，表情猙獰恐怖，不時發出像是哭聲的笑，在向東的蒼白病房裡迴蕩，籠罩著深重的鬼氣。

並且不斷吐著。

等我發現吐出血絲的時候，故事才寫三分之一。若我不能遏止嘔吐，那就得停止寫作。結果發現兩樣都身不由己。

我只能飛快的、燃燒生命似的加緊打字的速度。將那位包裹「上師」堂皇外表的人皮惡鬼，完完整整的寫下他所有的罪行。很多女人死了，很多女人被摧毀。

我分不出來是死掉比較好，還是被摧毀剩下空殼比較好。

簡直是瘋了。我對這樣的憤怒有些不解。我的變化似乎越來越加劇，不僅僅是外表，甚至是內心，都越來越女性化。這讓我對這樣的罪行盲目的狂怒。

當我嘔完最後一口膽汁，我擔心我會內出血。我一定得吃點什麼……但我的食物都留不久。

等我打完最後一個字以後，我顫著手貼上部落格，然後面對著床鋪倒下。

終於在沒命之前寫完了。筋疲力盡的睡掉十幾個小時，我開始會餓，能夠進食。瘋狂的嘔吐總算停止了。咽喉極痛，可能食道都有些受傷。這讓我進食的時候吞嚥有些困難。我只能謹慎而小心的細嚼慢嚥，用湯把食物沖下去。

但我狂怒的心安穩下來。

這篇小說引起很大的迴響。當然，我觸怒了許多信徒，也被罵得很髒。甚至有許多人詛咒我不得好死。

我連好好活都有困難了，誰會去指望好好的死。

也有不少人當作色情小說看，轉貼得亂七八糟。我不在乎，轉貼得越廣越好。我不相信，上師按捺得住，他也的確按捺不住。

他打了通電話到護理站，指名要我接電話。我拿起話筒，他劈頭就說，「我要告你！」

「真巧，我也要告你。」我冷靜的回他，「等我恢復一些，我就要往城隍那兒遞狀紙。如果我是女人，搞不好還吃你的擺弄，可惜我不是。沒辦法讓我上吊，你又能拿我怎麼樣？」

他呼吸粗重的沉默很久，「……跟你什麼關係？你想要什麼？你又知道什麼？」

「我知道的比你想像的多。」我笑了起來，護理站的護士嚇得跑個精光。「除非，你拿阿梅和老吳的名字跟我換。」

「……就這個？不是錢？不是你想出院？」他不敢相信，「就兩個微不足道的名字？」

微不足道？你……真的知道，「微不足道」是什麼意思嗎？

我沉下臉，啃著指甲。「呵……咯咯咯咯……對。兩個『微不足道』的名字，交換我的狀紙。」

他的聲音冷靜下來，「好，成交。週末說法大會之後，我們單獨見個面。」

但我知道，他也知道，事情不會這樣就算了。

*　　*　　*

我沒去參加什麼說法大會。我對廢話和謊話完全沒興趣。

我在門外等，耐心的等足兩個鐘頭。這兩個鐘頭，我想了很多，也冷靜的分析過。坦白說，我的勝算很小。

我面對的不是一般的眾生或凡人，而是修煉過的、會使用真言的修行者。不管他犯下多少罪行，都無損他的技藝。我擁有的只是一點無用的天賦，而且不一定有用。

但我沒遇過這樣的對手，也沒看過真正使用真言的人。你知道的，這種取材機會稍縱即逝。

而且，我還有什麼可以損失的？沒有的，真的沒有的。我甚至連死亡的權利都沒了，他還能從我這兒奪走什麼？

他走出來了，被女人環繞著走出來。他看到我。

「有點事情，我跟姚先生談一下。」他安撫女信徒，「佛渡眾生，當然不會放棄精神病患。」

我笑了。

他示意我跟他走，我靜靜的跟著，然後在中庭一角站定。

不是自由活動的時候，中庭空蕩蕩的。旁人看來，大概是和諧而溫馨的——偉大的上師試圖開導心靈破碎的精神病患。

「你不該挑戰我，沈印生。」他的語氣很溫柔，像是毒蛇光滑的曲線。

呵，他很努力的做過功課。垂下眼睛，我微微彎了彎嘴角，「我只要他們的名字。」

「沈印生，你得不到名字，連你自己的都會失去。」他越發和藹，語氣柔軟，令人昏昏欲睡，「你瞧，你身後的影子在動。」

我沒有轉頭。我知道蠕動的黑暗在我的影子裡滋生，我聽得到那種沙沙的聲音，我感受得到那種侵蝕的浪潮。

「裴佑寧，我告訴你一件事情。」我輕輕的，輕輕的說，「沈印生的壽算二十五歲就盡了，我今年二十七。你喚一個死人的名字做什麼？」

他的臉孔褪去了血色。我想，我的本名無法被束縛，已經讓他受到打擊，他沒想到我也知道了他最初的名字吧？

「裴佑寧，不要動。」我輕喚著，「讓我為你說個故事。那篇小說，其實還有個隱藏結局。」

他喉頭劇烈的上下，眼睛睜得很大。他大約沒想到，也會嘗到恐懼的滋味吧？

可以的話，我想殺掉他。可以的話，我想讓他真正不得好死。

但我辦不到。我就是這樣一個軟弱的人，沒辦法跟他一樣。人命的分量太沉重，我沒辦法。

但我取走了他的性能力，還有他的真言。我只能消極的，不讓他再去傷害其他人。

「於是你成了一個還有器官的閹人。試圖傷害別人時會先傷害到自己，殺死別人的同時你也會受到同等的傷害。等價交換原則，我想你懂的。你若不懂，可以去網路搜尋一下《鋼之煉金術師》，或去租套漫畫來看。」我聳聳肩。

「最後，你頹喪的離去，失去所有的法術、真言，和一切。但你還給我那兩個人的名字。」

他著魔的望著我，抖著唇。他在抗拒。若他真的回應我，一切都無法逆轉了。

「許……繪梅，吳可硯。」他空洞的說出這兩個名字，掩面而泣。

「很好，你可以走了。」我點點頭，「你回家去整理行李，你和我的故事，從此沒有交集了。」

他邊哭邊走，腳步不穩。

這個結局很爛，我知道。但我不是神明，我沒辦法做得更好。

* * *

他的名字是非莉給我的。唯一的要求是不能殺人。我真的不曉得非莉怎麼會知道。我對她的了解很少，我只知道她是女病患之一，而且有著嚴重的自閉症。她會在這裡，是因為她將自己的耳膜刺穿，而且拒絕動手術。

但她……卻可以彈奏直達天聽的美妙樂聲，只是聽得見的人很少，這分院似乎只有我聽得到。

不管怎麼說，她是個充滿智慧的女性，比起我的狂躁，她冷靜太多。

她古怪而美妙的聲音在我心裡迴響，並且透過我的手書寫出來，「讓阿梅寬恕他。她無罪，可以順利進入輪迴。」

靜默很久，我轉眼看著望著星空的阿梅。「許繪梅。」

她驚跳了。張大眼睛看著我，隨著名字回歸，她的記憶可能也跟著回來。美好的……醜惡的。

「……是他。」她失神的望著虛空，「是他命令我打破窗戶爬進來，是他為我準備繩子，並且……」

「夠了，許繪梅。」我打斷她的話。歷經這一切，我疲倦，很疲倦。「過去了。我拿走他的凶器，他再也不能為惡。寬恕吧……妳還會有其他人生。」

她怔怔的望著我，「……是嗎？」

「嗯。」我累得只想大睡一場，最好可以睡到世界末日。

「寬恕就好了？」她的聲音很細很細。

「別試圖報復……」我躺在床上，意識開始模糊。「忘了吧。」

「……我拚命尖叫，他硬壓在我身上，盧醫生抓著我的手……」她喃喃著。

我再也無法忍受。將頭埋在枕頭上，低吼著，「夠了！不要再去想了！忘了吧！想有什麼用?!什麼也改變不了啊！忘記這一切……好好的、好好的……」

我不知道是睡著，還是昏過去。就像是完稿症候群，我痛苦的在各式各樣的夢境裡輾轉，沒有辦法真正安眠。

我甚至沒辦法停止觀看她的痛苦。她的尖叫快要震破我的耳膜。我沒辦法停止看她像木偶一樣上吊，在半空中掙扎、斷氣，然後飄飄蕩蕩。

饒了我吧，饒了我吧！我不要再看我不要看我不要看……

但我還是在夢境注視著這些悲慘，然後看到她凝視睡著的我，額頭爆出扭曲的角，雙眼突出，舌頭直抵胸口。

不！不要！許繪梅！停住！不要變成厲鬼，求求妳，不要……

我只能眼睜睜的看著她撕裂裴佑寧，將他的屍體碎裂得跟絞肉一樣。然後把他吃得乾乾淨淨。我看著，也只能看著，她找到了盧醫生，將她兩條手臂拔下來，當她的面，一口一口的啃下手臂的肉，滿意的看著盧醫生因為流血過度以及極度的驚嚇而死。

用力睜開眼睛，我眼眶裡火熱，但哭不出來。

竄出黝黑利爪的手緊緊攢著我的衣服。她的身上，臉上，都是血，表情卻是那樣安寧，平靜。除了不能逆轉的角，她恢復了生前的模樣。

「……夜書。」她的聲音嬌弱而祈求，「我哪都不去，陪伴你可好？你愛過我吧？你愛我吧？」

「妳為什麼……?!」我發怒了。

「你愛過我吧?!你喜歡我吧？」她執拗的要個答案，卻不回答我的問題。「不然你為什麼要冒著生命危險取回我的名字？是吧？是這樣吧？」

她的青春只有一片慘白。還來不及了解愛情，就被摧毀、慘死。

「不是。」注視著她的眼睛，「只是取材。所有的過程，都只是取材而已。」

她的表情空白，然後露出狂怒的鬼臉，撲上來掐住我的脖子，腐敗的屍臭無助的蔓延。

我不知道她為什麼鬆了手，掩著面飛出窗外。我癱在床上，不能動彈。

死不了，但是很痛苦。跟心裡的痛差不多，同樣是窒息、無法呼吸。

不能留著她，她已經完全變成厲鬼了。楊大夫來的時候怎麼辦呢？他會饒過殺死許多女人的神棍，但不會饒恕殺死兩個人類的厲鬼。

不管他們的理由是什麼。

我又乾嘔起來，並且頭痛欲裂。厲鬼的鬼氣透過頸子上的傷痕，侵蝕進我的靈魂，破破碎碎的靈魂。

很想哭，但眼眶火熱乾涸。

這個時候，悠揚的大提琴聲響了起來，像是在安慰我。

我模模糊糊的笑起來。不能哭的時候，我還能笑，我還會笑。

咯咯咯咯……

哪怕是鬼一般的笑聲。

第二話 天聽

女病患棟修築的很美麗。三樓以上有大幅落地玻璃帷幕，為了安全的理由，下半部圍著鐵欄杆，於是在那勤於擦拭的玻璃上面映出優美的線條。

在天井可以望見女病患棟，非莉若出現，通常是上午。她會搬張椅子，面對天井坐著，雙腿微開，拉著虛幻的大提琴。

她的大提琴沒人看得到，包括我。也沒人聽得到，但我可以。

當初來到分院的時候，我就覺得奇怪，為什麼在這兒遊蕩的眾生這麼少……原來都集中在女病患棟。數量多得嚇人——像是將整個城市的大小鬼魅都集中在那兒，外觀起了凡人都可以看到的濛濛輕霧，直到陽光驅離陰暗，這些鬼魂再躲在陰影處，耐心等待黑夜的來臨。

當她拉大提琴的時候，所有的眾生都屏息聆聽。那是低沉、清亮，可以在心底發出嗡然的溫暖。當她拉大提琴的時候，鬼魂構成的霧氣會更濃，但她的周遭卻微微發亮，一種接近聖潔的存在。

「聽聽她。」老吳咂著嘴，「嘖嘖，跟看你的小說感覺是一樣的。」

坦白說，我很討厭這種打擾。「老吳，你該去投胎了。」明明我已經把名字還給了他。

「可以我也想走好不好？」老吳很沮喪，「誰叫我好死不死偏看了你的小說……現在又聽到那小姑娘拉這麼讚的吉他。」

「難道又是我的錯？」我扶了扶額，「那不是吉他，是大提琴。」

「什麼名字不都一樣？好聽就是好聽。」他著迷的飄過去，加入同樣沉醉的鬼魂中。

不單單是好聽而已。她偶爾會來到我這裡。她的聲調古怪卻美妙，我很久以後才想到，她刺聾了自己的耳朵，聽不到自己的聲音，所以才會發音古怪，但天生的甜美是掩飾不住的。

她會來到我心裡，透過我的手，與我筆談。

「非莉，妳為什麼刺聾自己的耳朵？」我對她有種莫名的好感。我們很相似，都被詭異的眾生所愛。我用寫作迷惑眾生，她用琴聲。這都不是我們想要的命運，但同樣的被拘禁、或說逃入精神病院中尋求一點安寧。

她沉默很久，才用那古怪而美妙的聲調說，「這世界，震耳欲聾，隆隆響個不停。我不能睡。」

我沒有再問下去。

因為，我也不能睡。

每日每夜，我被「寫作」這個殘虐的暴君鞭笞、毒打，精神和肉體都備受折磨。根本沒有停下來的時候……隨著每次的心跳，隆隆響個不停。

「我想，我懂。最少懂一部分。」我慢慢的在word上面敲打著。

她沒說話，只是笑。

這樣一個聰明、睿智，厄運中依舊保持溫暖的女性，一個月當中清醒的時候卻很短，或許十天，有時候一個星期不到。老吳說，當她失去理智的時候，必須用緊身衣捆緊，關到禁閉室。雖然不會傷害別人，但她會毀壞所有看得到的東西，甚至傷害自己。

我很想「閱讀」她的故事，但遲遲不願這樣做。基於某種情感，我不想這樣侵犯她的隱私。

但在某個梅雨季，淒涼的下滿一個月的雨，我卻一直沒看到她出現。試圖呼喚她，她卻沉默不語。

在這種陌生的焦慮中，我做了不該做的事情。

我「閱讀」了她的人生，雖然只有一點點。

我聽到她響亮的兒啼……那是非常有力的聲音，讓人無法忽視、非常強烈的聲音。那聲音……我該怎麼說？那是讓人精神為之一振，像是被驚醒的聲音。

那也是能讓鬼神聽見的聲音。

我只能「閱讀」到這裡。因為面孔鐵青的女人，嘴裡露出尖細的獠牙，豔笑著，望著我。

「你想染指我心愛的玩具？凡人！侮辱神的罪是很重的！」她充滿血腥的手指抓破了我的意識。

我發出尖銳的嚎叫，摀著臉在地上打滾。因為意識受了沉重的傷，所以我昏迷譫語了兩個多禮拜，有段時間，外表無傷的左眼失去了視力。

卡莉。是卡莉。主宰破壞的厄運女神。

非莉正是她的玩具、她的俘虜。

＊　＊　＊

在火焚般的昏迷中，我看到她走進來，餵我喝一杯水，被月光晒得通亮的水。她整個人朦朦朧朧，像是一抹影子，看不清楚。但我知道她是憂鬱的。那杯水將迷霧驅散，讓我腦中清明的角落擴大許多。

坐在床沿，她很輕很輕的嘆口氣。「姚，你不該觸怒主母。」

「她不是我的主母，」我的聲音嘶啞得幾乎不成人語，「更不該是妳的主母。非莉，妳是自由的。」

「自由……自由嗎……？」她輕輕的說，輕輕的笑了。「我可以發出鬼神能夠聽到的聲音，同樣也可以聽到鬼神的言語。主母……莉莉是第一個來到我床頭的神明。」她望向遠方，「許多事情是沒有道理可言的，僅僅是機緣。」

「我不同意。」我衰弱的將臉轉向旁邊。

她無語良久，「……姚，你若發現一隻會說人話的小鳥兒，鳥兒也同時聽得懂你說的話，你會怎麼做？」

她垂下眼簾，微微笑著，「膽子小一點的人，會覺得非妖即怪，離得越遠越好；和善一點的，發現她不過是普通的小鳥兒，覺得很可愛，惹人疼惜；但有的人……像是頑童，他們也覺得很可愛，但就是會去把小鳥兒捉來，鍊上腳鍊，剪她的羽毛，拔她的翅膀，讓她或哭或叫都覺得有趣，誰想碰一碰心愛的玩具都不同意……」

非莉還是苦笑著，「這就是機緣，這就是運氣。除了善緣，還會有孽緣，除了好運，偶爾還是會有厄運。」

「……妳不是鳥兒，也不是玩具。」

她沒有說話，也沒有動，只是靜靜的坐著。「姚，是我不對。我不該跟你說話。但我真的、真的很高興……這世間不是只有我一個。我忍不住、忍不住想要跟你多說話，因為我們這麼相同，你是第一個想要好好跟我說話的人。但我錯了，你還有機會擺脫這種不幸的命運……你還沒有被捉住。」

「非莉！」我盡全力坐起來，想要拉住她，「我們一起逃吧！我們還來得及……一切都還來得及啊！」

「你在說謊。你在說自己也不相信的謊。」非莉笑著，模模糊糊的臉有著模模糊糊的淚，「但是……不知道為什麼，我好想笑，也好高興……不再見面了。主母答應我饒過你……但她總是反覆無常。可以的話，快離開這裡吧……」

她半透明的手撫過我的臉，然後消逝了。

非莉說得沒錯。在一個真正的神明之前，我完全無能為力。我一直都是無能為力的，不管是對人、對眾生，我都沒有真正的能力。

我救不了阿梅，也救不了她。在我幾乎被勒死的時候，是她的琴聲救了我，我卻沒辦法為我的同類做什麼。

我到底能做什麼？我到底真正做過什麼？

但是，真正讓我痛恨的是，我居然撐著虛弱的身體爬起來，把這種悔恨、悲慟的情緒，一個字一個字的敲進電腦裡，像是燃燒生命一樣，刻進每個字。

然後感到麻木、疲倦。

是，我沒救了。

不管是怎樣的痛苦，都會被我封印進文字中，只剩下麻木的疲倦。

啃著指甲，我在黝暗的病房狂笑起來。

我試圖連絡楊大夫，但他卻請了長假。

我將我的書託護士轉交給非莉，卻原封不動的退回來。

看起來，是失敗了啊……若是非莉成為我的讀者，最少我還能跟卡莉拔河。我做了很多嘗試，呼喚她，或是在中庭不分晴雨的等，但都沒有效果。

在很深的夜裡，我還是會聽到大提琴的樂聲。原本奔放熱情的純潔消失了，變得蓊鬱、悲戚，帶著一絲絲的滄桑。

我傾聽著，同時也聽到無數眾生的悲泣。

這個時候，我左眼的視力還是很弱，幾乎看不見什麼，這讓我走路常常跌跌撞撞，獨眼很難拿捏距離。但我冷靜下來了。

好吧。我只會寫，也只能寫而已。正面和卡莉對決，無異螳臂擋車。但我還能寫，而眾生都願意看我的小說。

不知道我的小說能不能感動這個惡魔似的異國女神，就算不能，我也想激怒她。狂怒的敵人和冷靜的敵人，前者比較好對付。

我開始寫了，一改以前詭異陰魅的風格，我寫著非莉和我之間的點點滴滴。真的都是很小的事情，但回憶起來多麼悲苦，帶著一絲絲舌尖的甜。

這一生，我最愛的只有寫作，最恨的也只有寫作。這是我頭一次，這樣接近「愛」這樣的感情，溫暖、微弱，在淒冷而身不由己的生命中，一點點餘溫。

我不知道我是真的愛上非莉，還只是單純想用文字當作武器，或者都是，也或者都不是。但是編輯很激動，「夜書！你變了！你變得更像個人了！我早就知道你的才氣不僅於此……」

讀者們也騷動起來，不分人類還是眾生。他們談論著非莉、談論厄運女神卡莉，甚至有人偷偷寫信給我，提供我各式各樣的資料，當中甚至有非莉的哥哥。

「……我不知道你筆下的『非莉』，是不是我的妹妹。但我的妹妹的確因為嚴重的自閉症和自殘——天知道還有其他什麼病——在療養院住院多年。而且她還是小孩的時候，常常哭叫著，『莉莉不要！莉莉，妳不要來！』這是終日不語的她，唯一會有情緒，說得清楚的話……

她的本名是否叫做周晴？你的故事寫得太真，讓我極度不安……」

看著信，我笑了。迅速的，我回了封信給他，這位周先生跟我敲定了時間，來分院探望我。

他提著大提琴，很不安。「我、我真的不敢相信……」神情畏縮，不敢直視我。

我儘可能正常的回望他，雖然看起來收效甚微。「不要緊。只要你能帶我去探望她就可以了。」

可以的話，我猜他想拒絕我。但他是我的讀者，這就是最倒楣的地方。我的故事對人類的影響比較輕微，但也只是比較而已。

他遲疑的點了點頭，跟醫護人員低聲爭辯，最後，他贏了。

我並不想將他捲進來。但一個瘋子，一個關在精神病院的瘋子，實在沒有太多行動自由。女病患棟對我來說，咫尺天涯。

需要非莉的家屬幫忙，才有辦法走入那個禁區。

當然我非常緊張，儘管外表看不出來。我想卡莉這樣寶愛她的玩具，說不定會設法阻攔，或者是讓非莉陷入沒有理智的狀態。

很意外的，這兩者都沒出現。

而我的疑惑，在見到非莉的瞬間，立刻明白了。

我明白卡莉是怎樣的惡神，是怎樣殘忍的對待她的俘虜。

非莉靜靜的坐在落地窗前。關在療養院這麼多年，缺乏運動和日照，使她顯得臃腫、蒼白。她駝著背，瞪視著窗外。

這很殘忍、非常殘忍。一個活潑、機敏，並且充滿智慧的心靈，困在殘破的肉體裡，動彈不得。

「非莉。」我喚她。但她一動也不動。

「她聽不見任何聲音。」護士嘆氣，拍拍她的肩膀。非莉瑟縮一下，臉孔轉過來，眼睛卻沒有。

「周晴，看著我。」護士將手伸到她面前，引導她注視指尖，眼睛才轉過來。她的眼神空洞。

這樣的殘酷讓她的哥哥忍受不住的別開臉，我卻注視著她不放。

這就是非莉。我仔細看著她冒著油光的前額，呆板的五官，和有些深陷的眼睛。即使違背良心也無法說她是美女，但她是活生生的、備受摧殘卻頑強存活，和我相同命運的人。

卡莉，我知道妳。妳以為我看到非莉會尖叫著逃跑，跟世間的男人相彷彿。然後絕望的非莉只好更絕望的服侍妳，讓妳虐待到死為止。

但我不是。我是被鬼氣浸潤透的瘋子，外表這層軀殼根本是紅粉髑髏。

妳這高貴的惡神，卻不懂人類，一點點都不懂。尤其不懂我這瘋子。

「非莉，我是姚夜書。」我對她說。我知道她什麼也聽不到。但我們都可以發出鬼神聽得見的聲音，也可以聽見鬼神的言語。

她小小的眼睛有了光彩，複雜的情緒流轉。平板的五官，因此有了表情。

身旁的人都傻了眼。她的哥哥張大嘴，「……我、我已經很多年沒看到她有表情……」

我知道。因為我也很多年沒有表情了，所以，覺得臉部肌肉有點僵硬。

熬過許多苦楚疼痛。我走過多少生死間的地獄。但再也沒有什麼可以比擬，比擬此刻沉重的心痛。

我接過大提琴，放在非莉的膝上。

她抱著大提琴，發了一會兒的呆。小心翼翼的，用琴弓在弦上拉了一個音，然後遲疑的拉下去。

像是春天降臨這個淒冷的、梅雨不斷，充滿溼氣的精神病院。暖烘烘的春陽，晒進傷痕累累的靈魂。

她在笑，雖然很輕很輕，但她在笑。

在不斷的虐待和折磨，她將哭喊忍耐在心裡，將表情藏在面無表情之下，堅忍的讓卡莉對她的興趣低一點。只有在音樂中，有聲或無聲的音樂，才能感到一絲自由。

「……如果，我們能熬過去，我們結婚吧，非莉。」我輕輕的說。

然後弓折弦斷。我一把抓住非莉的手，轉身嚴厲的喊，「卡莉，妳不要動！我為妳說一個故事！」

鋒利的指甲插入我的咽喉，我望著扭曲而猙獰的惡神。她獰笑，卻沒有割斷我的頸動脈。她只是從我的咽喉裡拿走我的聲音。

她將我的聲音捏個粉碎，「我不是你的眾生。我是神，我是卡莉！」

唯一的武器被拿走了。非莉卻拋去手裡斷弦的大提琴，在虛空中彈出三個嗡嗡的音。

「……妳違逆我？違逆妳至高無上的主母？違逆最強的我?!」卡莉的容顏越來越恐怖，長長的舌頭伸出來，滴著毒血，像是濃酸般侵蝕著地板。

「我以為，順從妳，可以讓妳拘在這兒，不危害其他人。」非莉不太自然的笑，「但是莉莉，妳一直想殺這個人。」

「妳不過是個卑賤的人類。畜生跟我談什麼條件！」她張口發出憤怒之火，想要撲上來，非莉又猛烈的彈了幾個音制止她。

「莉莉，妳太喜歡這個『畜生』。」非莉憂鬱的看著她，「妳連丈夫都沒有教過的驅魔，居然教給這個『畜生』，妳甚至逼我喝妳的血。我是莉莉，但也不是莉莉。」她的眼淚滑下臉龐，「妳只是喜歡看我抗拒妳，卻徒勞無功而已。但妳不明白……我並不是學不會。再給我一百年，我可以殺掉妳，成為新的卡莉。」

「妳不會有另一個百年。」卡莉陰惻惻的笑起來。「妳知道不聽話的寵物會遭遇什麼事情嗎?最好的方法就是關起來。既然妳喜歡那個男人,就一起關到成為白骨吧。」

這個驕傲的惡神,將我們丟入空間的縫隙。

沒有上也沒有下,沒有左也沒有右,只有無盡的盤旋,和無數用鏡子構成的迷宮。向上看,是卡莉巨大的眼睛。這樣的惡神卻擁有清澈的瞳孔,邊界有著淡淡的嬰兒藍,充滿興味和歡欣。像是孩子的眼睛,純真的那麼殘酷。

漂浮著無數屍骨。被鏡子錯亂,屍骨的數量難以計數。我們緊緊握著手,面對厄運。

然後我們聽到鈴鼓的聲音。

這些散亂的屍骨像是傀儡一般重組,有的提刀,有的拿著弓箭,斜著頭,耷拉著手骨,緩慢的朝我們蜂擁過來。

非莉呼吸很沉重。她正面和神明挑戰,其實已經耗盡全力。我護在她前面,但我卻失去唯一的武器。

看不見的左眼刺痛,我才發現額頭的血滲入眼睛。我失敗了,徹徹底底的。我大約死不了……但若失去靈魂、心智，在這無盡的鏡之迷宮像是殭尸般行走，似乎不死是種嘲笑。

但我心情很平靜。沾著血，我在鏡子上寫著：「非莉，將妳帶入這種絕望中，妳可恨我？」

她望著我，湧起一個充滿勇氣的笑容，「這並不算絕望。最少現在……我們是自由的。」

我悲慼的笑笑，卻發現傀儡似的屍骨，並沒有撲過來。他們著迷的看著我寫在鏡子上的文字。

「……後、後……來……呢？」腐爛得面目模糊的屍體，吃力的轉動殘存不多的舌頭。

原來我並沒有真正失去我的武器。

我開始在光滑的鏡面，用自己的血，不停的寫故事。

額頭的血很快就乾涸了，我扯開傷口幾次，都沒辦法再流血，身體的癒合力真是頑強。

撿起地上銳利的骨片，我割破食指，繼續寫。流不出血來，再割。寫滿一面又一面光滑的鏡面，這是我最奇特的寫作經驗。

我寫了什麼？我寫了一個跨越夢境、幻影、架空的故事，甚至情節多重發展。這不算創新，很久以前就有人這麼做過了，我早就想嘗試，只是沒有機會。

還有什麼比此刻更好嗎？

這是個鏡子所構成的迷宮，而我用文字架上更複雜的迷宮。這麼說不明白？我可以摘錄一小段給你：

當我們走入那深邃的迷宮中，遇到黝黑的門……

【開門，請跳到第十三頁。】【不開門，請跳到二十五頁。】

然後十三頁和二十五頁的情節又是截然不同的發展。

這種寫作方式非常困難，要在腦海裡徹底鋪陳多線，偶爾會兜繞回來。轉折要濃縮在一頁（一個鏡面內），更考驗寫作功力。

但只有這樣複雜的寫作方式，才能讓我徹底專注，忘掉飢餓、疲乏、失血等等困頓。

卡莉，妳也在看嗎？

我蒼白冰冷的食指又劃了兩下，滲出薄薄的血，然後又停滯了。沒關係，我割了中指，繼續寫。

卡莉，看著我的故事，看。妳將我們困在這個死亡迷宮，妳也得走入我的迷宮才成。

我跌了一下，發現我居然打起瞌睡。望著在我半夢半醒間寫的，是卡莉的傳說。忘記是在哪兒看到的資料……或許是沈平山寫的《中國宗教神明》？我忘了。

其實現在的我，什麼都想不起來。我不知道過去多少時間，我又餓又睏，但我不能停止。一旦停止，後面越來越多的可怕讀者就會吞噬我、吞噬非莉。我不能停，不能睡。

這段卡莉的傳說有什麼意義？我想抹去，抬頭看到卡莉的眼睛正專注的看著這段。

咯咯咯咯……留著吧。每個人都對自己的名字、自己的故事格外敏感。卡莉，也不例外。

「卡莉，是濕婆神的妻子——雪山女神帕爾瓦蒂的化身。帕爾瓦蒂被濕婆派去幫助眾神逐出天國的魔鬼，她化身為十臂騎虎的憤怒相，這個時候的帕爾瓦蒂叫做黛維。後來黛維又因殺死征服三界的魔鬼杜爾伽，而改名杜爾伽。

杜爾伽在面對阿修羅軍隊時，陷入困境，這時候她的面孔因為憤怒而發黑，從她臉上的黑氣中誕生了可怕的卡莉。

卡莉以其無與倫比的戰鬥力，為眾神除去了許多強敵，但她恣意放縱自己盲目的欲望，給世界帶來災難與毀滅。

她最大的功績是殺死魔鬼拉克塔維拉。拉克塔維拉被視為無法消滅的對手，因為他滴出的每一滴血都能產生一個新的拉克塔維拉。卡莉與他作戰到後來，發現整個戰場都充斥著同樣的魔鬼。於是將他們逐一抓住，刺穿肚腹喝乾噴出的血，使得拉克塔維拉無法重生，而消滅了他。

卡莉就是這樣的女神。讚頌卡莉。」

夾雜在文字迷宮中，我寫著這樣的文字。誘使那位偉大、殘暴、狡猾、狠毒的女神，著迷的看著這些頌詞。同時她也被文字迷宮迷住，一頁頁的看過去。

原本是可以這樣，將她誘入我的陷阱。但我半昏迷的滑下來，只見嫣紅的血跡在鏡面上畫出長長的痕跡。

我不能睡，我知道。我不能停，我知道。但我已經擠不出血來，我沒辦法寫下去。這瀰漫血腥味的文字，已經將全迷宮的屍骨大軍引來，我一停「筆」，原本專注的靜謐漸漸鼓譟、喧嚷，沸騰得幾乎暴動起來。

咬破舌尖，沾著血，我奮力寫了一行，平息這些騷動。

水、食物……什麼都好。只要讓我還能擠出一點血，我就、就可以……難道不行了嗎？好不容易到這種地步，我終於抓住卡莉了，真的、不行了嗎？

半昏迷中，一股溫暖的液體流入我的口腔，帶一點微微的甜，和濃郁的鹹味。睜開眼睛，非莉割開血管的手，正把血一點一滴的滴入我的口中。

……我想吐。

「不要吐出來，求求你。」非莉試著把傷口割大點，「你還想寫吧？你還要寫吧？

或許我們可以離開這個迷宮，這個卡莉殘酷的玩具箱……我想拉大提琴給你聽，我想跟你一起晒太陽……喝下去吧。你若把血流乾，留下我一個人做什麼？」

我喝了兩口，沒有吐出來。血的味道，溫暖，卻非常致命，致命的痛苦。暈眩感稍微過去了點，但等不及的屍骨、那些腐敗或半腐敗的屍體撲上來，他們等不及了。

恐怖的屍臭味無盡蔓延。

「住口！」我大吼……或說自以為大吼。我忘記我失去聲音了，只有虛弱的氣音，「都在這裡做什麼?!擋著光！」

但我知道，鬼神依舊聽得到我沒有聲音的聲音。

奮力推開那些刀劍、尖銳的獠牙、烏黑的爪。粗魯的將非莉拉到我身邊。

我繼續寫下去。中指割不出血，我割無名指。無名指也擠不出來，還有小指、拇指。右手不行了，還有左手。

當我倒下的時候，非莉將她的血給我喝。

我只知道，非莉越來越蒼白羸弱，好幾次我要將她半扶半抱，才能將半昏迷的她帶走。

她一定要吃點什麼，不然會死。活活的餓死。

我將肉放進她嘴裡，她費力的咀嚼。「……這是什麼？」

「肉。」

她瞪著我。

「妳不能吐出來。」我站起來，長褲上透出一點血漬，「妳還要拉大提琴給我聽……在陽光下。」

她細細的、細細的啜泣起來。

這個漫長的故事，我還在寫。

我已經不知道我在寫什麼了。反正沒有差別，我背後那群發著屍臭的腐爛讀者似乎不在乎我寫什麼。他們都入了迷，我就算開始抄電話簿，他們也不知道。

鮮血幾乎流盡，居然我還活著。我只能說肉芝不愧是成仙必備藥材，果然可以長生不老……只是到了這種境地，真的是種諷刺。

我快把所有的鏡面都寫完了。

隨著故事的推進，我的左眼漸漸清晰起來。卡莉的眼神在變，慢慢的變了。雖然這麼緩慢，但她在變化。

她也入了迷。卡莉原本是雪山女神的化身……或說是雪山女神的另一個人格。沒有惡意的支持，她的人格也漸漸轉換。

不要問我為什麼知道，我比你還想弄清楚。

寫完最後一面鏡子，「**帕爾瓦蒂，我讚頌妳美麗的名字。**」

像是……像是雪山女神接受了這個亂七八糟的故事迷宮，仁慈的撤去所有的鏡子……我們終於看到了人間……卻馬上沉入水底。

冷，痛，飢餓和虛脫主宰了我。我只剩下抓緊非莉的力氣。

最少是陽光下，最少是陽光下的冰冷湖水裡。下沉，沉，沉……

就在我快要放棄的時候，一隻有力的手抓住了我。這種充滿純氧的感覺……是楊大夫？

「非莉，我們，得救了……」我想告訴她，這時候我才想到，我被取走了聲音。非莉微微一笑，她游上來，在我唇上一吻……一種沁涼和甜蜜的感覺傳了過來，在我意識到之前，已經進入我的咽喉。

「……非莉？」發出聲音，我只覺得血液都衝到臉孔。這……這是非莉美妙的聲音。

她擁抱我，然後消融在湖水中。

我冒出水面，大大的喘了一口氣，不斷嗆咳。極目四望，被卡莉殘忍的關在玩具箱的眾多亡靈，跟隨著我冒出水面，他們漸漸恢復生前的模樣，想像中的屍臭散失。望著睽違數百年、數千年的人間，有的放聲大哭，有的興奮的高叫，朝著天空伸出手臂，有的闔目平靜的安息。

但沒有非莉，沒有。

「……非、非莉不見了！她不見了！」我用著她的聲音叫著，「她不見了……她明明跟我一起回來……」

「你叫她非莉嗎？」楊大夫眼中掠過一絲情緒，我不願意承認那是不忍，「我帶你去見她。」

楊大夫扶著一跛一拐的我走進非莉的病房，她已經在彌留狀態了。但她現在兩頰有淡淡的紅暈，而且笑得非常輕快、自由。

「姚，我們見到陽光了。」她古怪而美妙的聲音在我心底迴響。「總有一天，我會回來，拉大提琴給你聽。」

眷戀的望著陽光，她笑著。「我可以放心睡嗎？姚？我可以不擔心你，放心睡嗎？應該可以吧……你變溫暖了……」

她笑著，闔目長眠。

*　*　*

那天，卡莉將我們丟入迷宮那天，非莉的哥哥抓到了非莉……的肉體。而我，就在他們眼前失蹤。

從那天起，非莉一直昏迷不醒，即使極力搶救，她還是一天天的衰弱下去。她莫名的失血，莫名的在手腕出現傷痕，即使吊著點滴，她還是陷入極度營養不良和貧血中。

三個月，她苦苦的撐了三個月。直到我被尋獲，她才清醒過來。但她的聲音，變成我的聲音。

我們共同走過那個長長的、黑暗的迷宮。因為我吃過肉芝，她沒有，所以我還活著，她卻死了。

是，我見到陽光了。但那直達天聽的大提琴，卻不再響起。

「……非莉，妳好狡猾。」我用她的聲音喃喃自語，「妳怎麼可以這麼狡猾……妳，一定思考很久，才用這約束束縛住我吧？妳這殘酷的小卡莉……」

不知道為什麼，我很想笑。我很想用非莉的聲音，笑看看。

第三話 夜叉

我醒來時，楊大夫在我房裡，望著窗外搖曳的樹影。

眨了眨眼睛，我確定不是看錯。當然，也有可能是幻覺什麼的……但我會出現幻覺？別鬧了。我又不是第一天發瘋。

他轉過身來，看著我的眼睛。這段日子我陷入一種遲鈍的憔悴，所以沒有好好看他一眼。我這才發現原本近乎永恆的泰然自若產生了一種類似哀傷的動搖。

他失去了很重要的人，就像我一樣。

「嗯，我失去了我的養女。」他的語氣淡淡的，卻有著壓抑。「……最近發生很多事情……所以我來不及回來安置你。我很早就知道卡莉在這裡……嚴格說只是她的念，而不是實體。我沒想到……」

我打斷他的話，「你的背。那……真的是翅膀？」

他深深的看我幾眼，在我眼前揚起那寬大、潔白、充滿光輝的三對翅膀。「這個？」

倒抽一口氣，我仔仔細細的看他的翅膀。太驚人了……我以為是肉翅那類的東西，但那比較類似漂浮在背上一點點距離的羽翼。極大的雪白羽毛覆滿，我試圖要拔一根來瞧仔細，楊大夫卻一臉怪異的迴避。

「會有什麼壞處嗎？會痛？」我拿起床頭櫃上的小筆記本。

「說起來倒也不會有什麼壞處……」楊大夫一臉尷尬。

「那讓我拔一根？」天哪，這真是最好的題材了！我刷刷的拚命抄筆記。

「不行！」他莫名的生氣起來。

互相瞪視了一會兒，我氣餒的頹下肩，「什麼嘛，真小氣……天使都這樣？」

楊大夫的臉孔有些抽搐。「……已經不是了。我被革職了，近日要回去交接，聽候裁決。」

這下子，換我的臉孔有些抽搐。

但他似乎誤解我的意思，「別擔心，卡莉走了。中意的玩具死了，她又沉睡在雪山女神的意識裡……我暫時離開應該沒有問題。倒是你，為什麼突然看得到我的翅膀？」

我怔了一下，實在想不出來。

他沉思片刻，抬眼問我，「你喝了周晴……非莉的血嗎？」

「……嗯。」我的心莫名的低沉下去。

「原來如此……」他嘆息，「造化弄人，也夠讓人同情了。」

……喂！別把我說得跟癌症病患一樣好不好?!

後來楊大夫跟我解釋，非莉為卡莉所愛（先不要管是哪種愛好了），非莉喝過卡莉的血，讓神「薰陶」多年，某方面來說，非莉算是卡莉的化身，我又喝了神之化身的血……

所以之前我看得到妖鬼，之後我可以看到神魔了。

……這不算好消息吧？

「不過你不用擔心會被神祇看上，如同非莉般。」他安慰的拍拍我的肩膀，「因為你已經被另一個暴君抓住了。」

誰?!

「名為『寫作』的暴君啊。」

他走出房間，我卻陷入莫名的情緒中，久久沒有動彈。

真不愧是天使，慧眼獨具，一針見血。但即使如他這樣的神祇（好吧，前任神祇），也不是無所不知的。

「……楊大夫，你的養女並沒有死。」在殘稿中搜尋許久，我翻出那篇〈妖異奇談抄〉喃喃自語。

用精神科大夫做掩飾的死亡天使，他的養女是化人失敗的飛頭蠻。這是我眾多殘稿中的一篇，寫的時候很亢奮，但我不知道會和當中的人物邂逅。

「真是傷腦筋的天賦哪……」

一直覺得這種天賦無用。好吧，不能說完全沒有，起碼可以拿去換點稿費。但後續我寫不出來。之前覺得煩躁，現在卻心平氣和了。

跟才氣無關，只是故事還沒發生，所以我沒辦法「閱讀」。但可以閱讀毫不相關的「故事」，這點讓我有些詫異。

不過我很快就拋開了。我失蹤了三個月，又因為身體與心靈的虛弱調養了兩個月，將近半年的時間，我一個字也沒寫。積壓的稿債讓我把殘稿扔回電腦裡，有正經功課的時候，那些寫娛樂的殘稿可以盡量擺著等他發酵或發霉。

我整天整天都在寫稿，最高記錄是一個禮拜完稿一本，一個月就寫了三本，當月的寫稿量高達四十萬字。

這樣旺盛的寫稿量讓我成了一部人肉印刷機，但是不要忘記，我住在精神病院中，而精神病院比最陰的墓地還陰，尤其這兒群巒環繞，更是聚陰的好所在。

失去了直達天聽的大提琴樂手，原本籠罩在女病患棟的薄霧，都到男病患棟集合了。我突然多了一大票「讀者」。我這樣馬力全開的寫稿，更讓想要先睹為快的眾生讀者通通湧到我病房。

人家說，有人就有江湖。但我只能無奈的告訴你，有鬼也是有江湖的。我甚至得推開某條爛穿孔、擱在我肩上的手臂，或揉掉擋住我螢幕的爛西瓜……我是說腦袋（是跟砸爛的西瓜沒兩樣），才有辦法好好的打字。

後來我發了一次飆，結結實實的在我座位潑了一圈濃鹽水，才讓他們心不甘情不願的離遠點。但有些讀者不是那麼好打發的。

某天，我起身準備拿印表機印出來的稿子準備校對，卻惡狠狠的摔了一跤，還拐了腳——因為我人是摔了，但兩個腳踝被不知道七隻還八隻黏著爛肉的手骨抓得死緊，就這樣狠狠地扭了腳。

手裡的稿子當然是飛得到處都是，大鬼小怪一湧而上，大喊大叫，巴不得全搶到手。

「欸，別……！」扯著嗓子想警告，已經遲了。

兩個雙手持刀、肌肉可比史瓦辛格的大漢跳出來，砍散了一室鬼魄，還把稿件收回來，整整齊齊的還給我。

「呃……謝謝。」

拐了腳當然很痛，但是過個幾天就沒事了。這幫子鬼讀者學不乖，我也有心理準備，但我沒想到在我第三次拐了腳之後，當初隨著我和非莉回到人間的壯士們，怒火沖天的來次威力掃蕩，每天還排班，所以我固定有了兩個強壯的護衛守門。

我不知道我該笑還是該哭。

其實這種狀況我一點也高興不起來。

你想想，寒傖的鐵門（還是精神病房的鐵門），兩個赤著上身糾結肌肉，胳臂可以跑馬的戰士，腰繫戰裙，目光如電，雄糾糾氣昂昂的拿著刀、戟或是見也沒見過的奇門兵器，像是護衛國王或皇后那種達官貴人往門口一站……

你覺得像話嗎？

他們呈現半透明我不反對，反正已經見到膩了。但你不要忘記，卡莉是戰爭和死亡的女神，非莉被她看上，是有些類似巫女和神靈的關係，但其他壯士哩？

歷史可能湮沒了他們的英名，但是沖天的殺氣就算已經成鬼也不太掩飾得住啊！

所以，常常有護士經過我門口，尖叫著逃跑，信誓旦旦門口站著黑社會（？），甚至連來醫院的陰差都蒼白臉孔繞道而行。哪個醫院不鬧鬼？但是這個分院真是鬧鬼鬧到人心惶惶、沸沸揚揚。

每天，我去中庭變成一件沉重的儀式。

我相信護士和病人都看不見，但是那種沉重的氣壓恐怕是蓋不住。我拖鞋的聲音一在樓梯間踢踢躂躂的響起來，只能無奈的看著眼前的人刷的一聲退開來，宛如摩西分開紅海。

真是……非常熟悉的場景。當初我在都城療養院時，會這個樣子完全是我本身的鬼氣所致。但是現在……我那稀薄的鬼氣完全被我背後氣勢驚人的勇士們蓋過去了。

他們堅決的認為，這個醫院太多不利姚先生的邪惡（誰是姚先生？）。既然姚先生以文學（啥？）供養他們，那他們就該用生命（哪來的生命？你們死很久了）報答。

他們真的是鐵錚錚的漢子……連腦漿都是生鐵打的。爭辯幾次，完全不為所動。我終於明白了，為什麼奇幻設定中，都喜歡把戰士設定得智力低下，果然是有道理的。

我只能半掩著眼睛，帶著幾分羞愧的去散步。

即使散步，他們還是亦步亦趨。

老吳吹起口哨，「嘖嘖，沒想到我認識鬼界教父欸！就算是一口少女嗓子的教父……」

「……快去投胎吧你！」

＊　＊　＊

我覺得我一定有什麼不為己知的重大缺陷。我的人際關係總是會出現類似的問題。忍不住自省起來。

還沒發瘋前，我和讀者就有類似的循環。總是會有人慕名，然後混熟，最後就出現狗屁倒灶亂七八糟的問題。然後我封閉自己，越退越深。

等我發瘋了，這種循環還是沒有改變，只是對象從人類變成妖鬼罷了。然後我封閉自己，越退越深，最後乾脆轉院。

轉了院，我以為應該沒事了，結果我認識了阿梅、老吳，後來認識了非莉。

但這次我沒有退縮。可能是非莉美妙的嗓音送給了我，可能是我了解非莉的渴望……她一直渴望溝通，能有人可以講話。

試試看吧？試試看盡量像個人類……這次不要跟人（或眾生）混太熟，保持一點距離，但不要拒絕。非莉連這種機會都沒有。

……真奇怪。我想到非莉卻沒有心痛的感覺。只覺得暖烘烘的，很快樂。

我抬頭看著湛藍的天空。這個狡猾的女郎是不是在我身上動了什麼手腳？

我突然從冥思中清醒過來。因為四周突然籠罩著黑暗。那是絕對的黑暗，像是光亮被抽乾了，所以什麼都看不見。

「姚夜書。」森冷、乾澀的聲音像是絕對黑暗的具體化，讓我喉頭倏然縮緊。空氣一點點的慢慢逸失、稀薄。

「不死對你只是詛咒……」那聲音笑了起來，像是在玻璃上尖銳的抓爬。

短暫的暈眩後，我記起這個聲音。「夜叉？妳真的成了夜叉？」

空氣完全沒有了。

糟糕，缺氧幾分鐘大腦會壞死？我深深感到不妙。若是大腦壞死，因為肉芝，這身體不會死……喂，我連當鬼寫小說的權力都會失去欸！

「卡莉的勇士們！」我吼了起來，「我為你們說個故事！」

濃稠而絕對的黑暗出現無數裂痕，然後粉碎。我又呼吸到空氣了。

抖心扯肺的大咳一陣，額頭不斷冒著冷汗。

「老大，你沒事吧？」「阿尼基！」「大哥！」

……阿尼基？

「老吳，」我無力望著竊笑到發抖的死老頭，「你是帶他們去看了什麼啊?!」

等我知道老吳帶他們去偷看日劇，還是搞笑黑社會日劇的時候，我發出一聲呻吟。

他們很純真（我不忍心說蠢），在生前都是鐵錚錚的戰士，遠古時代也不見得有太多娛樂。來到資訊爆炸的現代，他們會茫然是應該的。關在無盡的迷宮徘徊，好不容易回到人間，人事全非，實在很蒼涼。

但他們有著軍人的脾氣，一板一眼，這讓我不忍心吼他們或罵他們，只能婉轉的請他們去休息室或有電視的地方多少看一點，了解一下現在的世界是怎麼回事。

但不是看這種和現實差了十萬八千里的搞笑黑社會片啊!!

「你……」我連氣都生不出來了，環顧這群低著頭的勇士，我還缺氧的腦子更發暈，「……你們喜歡看？」

他們遲疑了一下，點點頭。

「……喜歡就好。」我揮揮手，「別嚇到人類了。」

都到這種地步了，讓他們高興一下總還可以吧？都死這麼久了，又沒地方去，除了我的小說，總還可以有些值得快樂的事吧？

不知道為什麼，我覺得有些淒涼。

「小姚？」老吳遲疑的叫住我，「你的額頭？怎麼一點漆黑？」

我揉了揉，不見有墨。後來到洗手間看，發現我額頭的確有一點漆黑。這個部位，應該是印堂吧？

絕對黑暗中的聲音。雖然變成那種樣子，但我還是記得。

「剛剛是怎麼回事？」老吳滿臉擔憂的跟進來，「印堂發黑恐怕……」

「是故人。」我洗了把臉，「是故人的名片。」

*　　*　　*

那是美麗訪客的聲音。關於她，我寫進了〈食肉〉、〈訪客〉兩篇故事。我把檔案打開，的確，我叫她儘管來。

很久沒整理檔案，我花了一些時間才找到她的名字和連絡方式，她叫做「鍾秋離」。

在凡人中，她算是很有能力的巫女。她能行使返魂術就證明了這點。但她終究是個凡人。她是怎麼無聲無息的入侵到我身邊，而我一無所覺？

或許我的能力不足以抗拒，但是成天跟在我後面的勇士們不是普通的雜鬼。他們是軍人，符咒和儀式只能用間接的方法傷害鬼魂或妖族，他們卻可以直接用武力解決敵人，管他是什麼妖怪還是厲鬼。

也可以說，光他們放出的殺氣就可以讓懷著惡念的鬼怪逃之唯恐不及，老吳可以這樣晃悠晃悠的跟他們交陪，是因為這死老頭一輩子都是個歡快的神經病。

深深的嘆口氣。我以為時光可以磨去她的悲痛和怨恨，看起來我錯了。沉重的，我撥了電話給鍾秋離，發現是空號，我倒不意外。

我隱隱覺得，事情似乎不太妙。但這時候的我，還不知道是這樣的不妙。

我試圖透過管道去尋找她。

不過，一個現代的巫女通常都很謹慎，我也知道她是專門為人咒殺的巫女。她的行蹤很隱密，追蹤很困難。

雖然編輯非常害怕，還是為我跑了一趟。他告訴我，鍾家早就是空屋了，鄰居說很久沒見到鍾小姐，發生這種慘劇，很可能出國遠離傷心地了。

「他們家長什麼樣子？」我問。

「就別墅啊，老別墅，最近的鄰居隔了五、六十公尺。」

「你沒進去看看嗎？」

「那是非法侵入！」編輯叫了起來，縮了縮脖子，「而且，我不敢。」

編輯是凡人。但是人類都有強烈的求生本能。

這真麻煩……我在這麼遠的精神病院關著，什麼地方也去不了。我試圖請假，但是大夫冷淡的看我一眼，就走了。不過他走得不太順利……一跤從樓梯頂摔到樓梯底。

「喂。」我瞪起眼睛。

「對不起！」守門的警衛低頭，「我有好好扶著他的頭！」

這不是重點吧？「你怎麼可以……」

「對不起！我控制不住！他對大哥太不敬了！」

我是說，我不是什麼大哥……大哥都在綠島了還大哥！

百般無奈，我打電話給楊大夫，沒想到他又請長假，這是怎樣？搞屁啊～

隔一個禮拜，漆黑大了一圈，幾乎有茶杯口大。

絕對黑暗沒有來臨，美麗訪客也沒有來訪，我也沒有什麼不適。但總是很詭異。

「護士小姐，妳看我額頭有什麼？」我想知道正常人看不看得到。

送藥的護士小姐不耐煩的瞥了一眼，「神經病。」

「巴格野鹿！妳對阿尼基是什麼態度！」守門的警衛衝了上來，我趕緊舉手制止他。

他雖然被我制止了，氣得跳上天花板，對著護士小姐張牙舞爪。我疲倦的蓋住眼睛，無法停止臉孔的陣陣發燙。

死老吳，別給純真的鬼看那麼多日劇行不行?!

冷漠的護士臉孔刷的發白，「你、你……你有聽到什麼聲音嗎？」

「什麼也沒有。」我垂下眼簾。

好死不死，她抬頭看了天花板，然後發出石破天驚的慘叫，一溜煙的跑掉了。

我只能沉重的嘆了口氣。「……我，不是什麼阿尼基。」

但沒什麼人理我就是了。我是說，沒什麼鬼理我。

*　*　*

第二個禮拜，已經有碗大了，擴散到頭髮裡面。

這應該是屬於咒殺的範圍。但我不懂。雖然不願意，我還是試圖喚了鍾秋離的名字，居然沒有回應。

雖然我知道會吐，而且非常不舒服，並會影響工作進度，但我還是打開word試圖「閱讀」鍾秋離的的故事。

寫完以後，我很困惑。雖然吐得亂七八糟，我還是滿困惑的。

她從醫院用應該會出車禍的速度飛車回家以後，就準備了最可怕的咒法咒殺我。她嘗試了各式各樣的辦法，卻沒辦法對我有影響。

那是當然的。我身邊亂竄著大批的鬼怪，甚至還有死亡神威的陰差，就算鬼格神格都不太高，但擋住她一個凡人一點問題也沒有。

我看到她氣得大吼大叫，一天比一天消瘦，卻還徒勞無功的努力……

最後她連東洋的法子都用上了，找了棵百年神木，穿獨齒木屐，頭戴鐵圈，點著蠟燭，臉孔塗朱，一面咒罵一面用五寸釘釘著寫了我名字的草人。

但她沒有我的頭髮指甲之類的咒具，用膝蓋想也知道沒有用處吧？

她放聲大哭，非常絕望而憤怒的……

然後？然後就沒了啊。

就像是電影斷了帶子，一片漆黑，什麼都沒有。

這是我第一次想問，「然後呢？」

我一定得從精神病院出去才行。轉眼看到守在門口、控著臉的守衛。看見我盯著他看，他恭敬的低下頭，再抬起來，發現我還在看他，他惶恐的繼續低下來，居然開始發抖。

……讓鬼害怕似乎沒什麼好驕傲的。

「你叫什麼陀的……」我試圖顯出最和藹的一面，甚至對他笑一笑。但我忘記了，地基主說過，我不笑比較友善，笑起來像是會燦出鬼火，非常恐怖。

眼前這個胳臂可以跑馬，在遙遠年代是英雄豪傑的壯士居然重重挫了一下。

「我、我……我叫因果陀。」

「因果陀，我想你可以變化成人形吧？你都死這麼久了……而且你還是卡莉的勇士啊！」我想盡辦法讓自己顯得可親，「變成我的樣子吧。」

「是！」他大聲的應了一聲，停了一會兒，愕然的抬起頭，「啊？」

「這是唯一的辦法了。」我對他又笑了笑。

他很不給面子的，挫到長劍掉到地上。

我成功的離開療養院，雖然過程有點混亂。

至於是怎樣混亂我就不想多說了，我只能祈禱護理站的護士精神面夠堅強，不會因為出現一打「姚夜書」就崩潰。

畢竟沒有估算到戰士的智商能低到這種程度是我的錯，但我真的沒預料到我拔了一撮頭髮交給那個什麼陀的，他居然認真的一人發一根，於是造成一屋子姚夜書的靈異現象。

等他們弄懂我的意思，護理站的護士昏的昏，跑的跑，擴散到整個醫院鬼哭神號。

我趁著混亂離開療養院，連門口的警衛都跑個精光。我不知道該感到成功的喜悅，還是羞愧的傷悲。

歷經五輛計程車撒冥紙後逃逸，終於第六輛撒完冥紙，還願意倒車回來載我了。而我已經快從山腰走到山下了。

天氣很熱，太陽也很大。我走得有些發虛，但也有點傷心。我自認打扮得很普通，更何況是大白天。但這種烈日高照的上午，計程車司機還能把我誤認。我是不是該檢討一下？

坐進計程車，司機就抖起來，「奇怪，冷氣突然好強……」

「……火車站。」

「欸？」司機馬上回頭，上下打量，「是小姐啊?!」

我很想否認，但是從後照鏡看到我光滑軟弱的臉龐，和剛剛發出的嗓音，我選擇閉上嘴。

他用力看我幾眼，滿眼可惜，「女孩子都愛減肥，減到連咪……那個都沒有了。我說啊，女孩子還是有點肉比較好，別光顧著減肥，要打扮打扮哪……」

「……火車站，謝謝。」我陰沉下來，他又狠狠地抖了一下，把冷氣關到最小。

當然不關冷氣的事情。我情緒低落的時候，鬼氣就重。鬼氣重，溫度就低。溫度低就會招來風邪。

所以，等我到了車站，司機的嘴唇都白了。默默把車錢給他，我知道，他非重感冒躺個一個禮拜不可。

誰是小姐啊？

我不太愉快的買了火車票，心情低沉的走入自強號。雖然不是故意的，但造成了不少重感冒的病患。

我也是千百個不願意啊……

幽幽的嘆口氣。結果我旁邊的男人瞪大眼睛看我，我只能對他笑了笑。他居然跳了起來，用驚人的速度跑掉了。

身為一個精神病患，的確有很多不方便的地方。

* * *

儘管盡力把災害控制到最小的範圍，等我抵達鍾家，已經接近午夜了。因為入夜沒有計程車司機肯載我，我甚至得氣悶的去領錢，買了部機車來代步才有辦法來。

鍾家在郊區，想想也對，若不是這種貴到眼珠子會掉出來的山區地段，又怎麼會有老別墅。

那是棟小巧的雙層洋房，圍著大理石圍牆，一扇小小的紅門。最近的鄰居還在好幾十公尺外。按了電鈴，當然沒人出來開門。

推了推，發現門是虛掩的。我走了進去。

打開手電筒，發現大門也半開半閉。試開電燈，居然亮了。我想是鍾秋離的水電費用銀行轉帳吧？因為我看到有幾張通知單擱在玄關的櫃子上，蒙了一層薄薄的灰。

安靜的屋子有種奇怪的緊張感……或者說是氣味。這味道，太熟悉。

我皺緊了眉，卻沒看到我猜想的東西。

一陣風淒冷的吹過，我發現客廳的窗戶破了，而且已經打開。茶几歪斜，擺設凌亂，還有打破的花瓶，翻倒的衣架。

往餐廳的甬道上，大蓬乾涸黯淡的血跡。

但只有陳舊的味道，沒看到什麼。我走上樓看了一圈，只有薄薄的灰塵。

下樓梯時，我覺得眼角一閃。

這屋子的電源眾多，我似乎只開到一小部分的魚眼燈，所以光線黯淡。我研究了半天，才把所有電源打開。

終於找到了。

屋頂垂下華麗的水晶燈，被風一吹，發出好聽的玲琅聲，只是有些悶。因為部分水晶垂飾纏在一個乾枯脫水的屍體上，像是藤蔓般交叉纏繞。

眼皮大張，但因為沒有眼珠子，黑漆漆的眼洞很詭異。風乾的臉皮緊繃，嘴巴張得極大，彷彿臨死前受了極度的驚嚇。驟眼看，有些像是孟克名畫裡的「吶喊」。

從衣著打扮和周圍判斷，應該是個倒楣的、闖空門的小偷。桌子底下還有他散亂的工具。

我在屍體下面嘆了口氣。

這是個男人，不是鍾秋離。但他死在鍾秋離的家裡。

「嘗過血肉的夜叉不好辨哪……」我又嘆了口氣。

屋子的溫度在下降。

下降的速度非常快，快到我在這樣溫暖的夜晚呼出白氣。山裡風大，陣陣的呼嘯，吹著陰森森的口哨。

有種東西無聲無息，卻挾帶強烈的冰冷直襲而來。像是牆壁、圍牆，這種有形的障礙都不能阻止她。

等我轉過眼時，我只能感到逼得很近，但我看不清楚。「鍾秋離，停住！我為妳說個故事！」

這個名字讓她現形，卻跟我想像的不太一樣。她在笑，裂到耳根的血盆大口發出狂笑聲。

「……你叫誰？誰是鍾秋離？」她緩緩的從黑暗中出現，像是嘲諷般。「你以為那些漏洞百出的玩意兒可以束縛我?!」

我往後退，但顯然不夠快。像是慢動作般，我看到她銳利的指甲劃破胸口，割裂皮膚，應該會被剜出心臟吧……

就在這個時候，膝彎一陣劇痛，我不由自主的跪倒，結結實實的摔在地毯上，我瞠目看著背後湧出一團冰冷的白霧，發出尖銳的叫聲，和夜叉鬥了個難分難解。

「……阿、阿梅？」我瞪大眼睛。

成為厲鬼的她，居然和變成夜叉的鍾秋離有幾分相像。同樣有著扭曲的角，上吊的眼睛，裂到耳根的血盆大口，除了她的指甲（還是說爪？）是烏黑的，而鍾秋離的指甲是銀白的以外，特徵幾乎差不多。

難怪……難怪一出精神病院，鬼氣會這麼重。那不是因為我，而是因為阿梅一直跟在我身邊。

她們互相撕打、咆哮，幾乎毀了半個客廳。如果不想個辦法，這棟別墅搞不好會整個垮下來。

「還不走？愣在那兒幹什麼？」阿梅對著我尖叫。一疏神，她讓鍾秋離抓去了半張臉皮。我想也沒想，抓起擺設在旁邊的小鼎，往鍾秋離的腦袋砸下去。

小鼎應聲粉碎，夜叉的腦袋真不是普通的堅硬。我應該把這個寫進小說裡……

「滾！」阿梅將我抓起來往旁邊丟，你知道，厲鬼的手勁……饒是她留情，我還是被摔在牆上，滑了下來。

「還不快滾！」

我搖了搖頭。會敢孤身前來，我當然是有絕對的把握。先不論我有打不死的體質、可以驅策眾生的故事，我還有一樣「禮物」。

抓起地上的碎玻璃，我劃破食指，當然，還是太緊張，差點把整個指頭削下來……我將指頭的血，彈進夜叉的嘴裡。

夜叉張大了嘴，掐著頸子，雙眼突出。好一會兒才發得出淒慘的叫聲。

拖著阿梅，我奔出這棟別墅。身後是夜叉的慘叫和崩裂聲。

「姚夜書，你逃不掉！」她發出惡毒的詛咒，「還有五週！你只剩下五週！你會變成活死人！永生永世的受苦，你逃不掉！」

果然有用。卡莉，可是食魔者。哪怕是那麼稀薄的血，也是夜叉的毒藥。我虛軟的癱坐下來。阿梅瞪著崩毀的別墅，呆呆的摸著自己的臉龐。

她鎮靜下來，鬼怒的臉孔慢慢恢復生前的模樣，只是半張臉依舊鮮血淋漓。我想看她的傷勢，她卻驚醒般大怒的抓傷我的手。

「阿梅……」

「誰是阿梅?!」她暴怒，「你又想騙我了？你又要騙我了！滾開！不要纏著我！」就像來時那麼突然，她不見了。

……唉，女人。

發動機車，我看著夷成平地的廢墟。瞥見瓦礫堆一動。我沒回頭，馬上催滿油門，狂奔下山。

*　　*　　*

東西方有個奇異的巧合：一星期為七天，而中國有所謂「七七」的習俗。

「七」是個奧妙的數字。

夜叉的詛咒更證實了我的猜測，這個不知道是什麼玩意兒的毒咒要花七七四十九天發動，發動可能就無法逆轉。

坦白講，成為活死人若還能寫倒沒什麼。不過我想夜叉沒那麼慈悲。

而我，實在不想冒這麼大的險。

但為什麼，呼喚名字不能夠拘束鍾秋離呢？我想了一會兒，一巴掌打在額頭。我真呆。

生死簿裡的「沈印生」陽壽已盡，我現在是「姚夜書」，所以那個假上師沒辦法用「沈印生」控制我。

成為「夜叉」和變成「鬼」是兩回事。生前是人，死後是鬼，真名沒有改變，就跟水變成水蒸氣又還諸為水，本質上沒有不同；原本是人，卻變成夜叉，就像孑孓變成蚊子，本質上是不能互通的。

你當然不能對著孑孓喊蚊子，也不能對蚊子喊孑孓。

所以，我還得先知道夜叉現在的真名才行。

「這可麻煩了呀……」我站在便利商店，有些傷腦筋。這樣深沉的夜，只有蒼白的路燈……和一點點紅光點綴。

那紅光似乎是神明燈……我沒認錯的話，不遠處似乎有個小小的土地公廟。

這種事情，問管區應該最清楚吧？

我買了兩瓶酒和一串紙杯，結帳的時候，店員緊張得打錯三張發票，還檢查鈔票老半天。

「……我保證不是冥紙。」忍不住開了口。

「哇～」他淒慘的叫了起來，抱著頭蹲在地上。

算了，幾十塊而已，不用找了。我提著東西走出去。

至於在鬼板看到那篇「靈異驚悚體驗」，那已經是很久以後的事情了。

提著酒，這是個小小的土地公廟，小到只有個木箱大，非常袖珍。

拜卡莉所賜，我可以清楚的看到土地公，只是他控著臉裝死而已。

但是，我在都城療養院和地基主這樣的陰神相處過，算是很了解他們。名義上為神，但只能算是榮譽職，待遇最慘，責任卻最重。標準的「有功無賞，弄破要賠」的可憐基層神員。

更糟糕的是，人間的基層管區還多少有點油水，這群榮譽神職管區卻半點也沒有，要聽上面的飭令，又得管轄下面的角頭，苦不堪言。

如果我「閱讀」的故事沒錯，封天絕地，神明幾乎都回天了，這票陰神只是榮譽職，必須駐守人間，天庭對他們更不太聞問了。

生活苦悶乏味、工作繁重，多多少少都有了貪杯的習性。

所以，我盤膝坐在地上，咕嚕嚕倒了兩杯伏特加，裝死的老土地就有點按捺不住。

等我合掌奉請，他動了動咽喉。「……老兒人微言輕，是什麼都不知道的。」搶在我前面，他趕緊撇個乾乾淨淨。

「夜深難眠，連個酒伴兒都沒有，只是來找老爺子喝個酒。」我拱了拱手，抿了口醇厚，伸手勸酒。

他狐疑的看我一眼，端起酒杯，「你別問我，我也知道你是誰。姚夜書，你要問就問城隍爺，不然拘陰差來問問。老黃還在夜市賣麵線哩，哪個問不得？非來找老兒的麻煩？」

「他們不是在地人，這件事情禁不起耽擱。」

老土地將酒一飲而盡，「老兒什麼都不知道。」

我沒說什麼，只是勸酒。「可惜沒下酒菜，老爺子，夜書說個故事權充下酒菜可好？」

他望著我，哼笑出聲。「別人說你本領大得很，老兒倒是想見識見識。不過姚先生，老兒生前可是小有名氣的說書人，對故事，可是相當挑剔。」

「那請前輩多指教了。」我垂下眼簾。哈！上鉤了。忍不住咯咯的笑出聲音。

裝著紅燈泡的神明燈很不給面子的明滅了一下，老土地發了一下冷顫。

……弄到陰神都會害怕，真的沒什麼好驕傲的。

咳了一聲，我收起笑臉，說了一個故事。

前些時候我在網路上看到一則「實習土地公」的標題，覺得頗有意思。當初就這題目琢磨了一個故事，不過因為重複到人家的標題，也沒打算寫出來，但說說應該沒關係。

陰神兒幾乎都是些急公好義，殷實勤懇的人，不然也不會接這種榮譽職。像這種故事最能引起他們的興趣。老土地從一開始的故作無事到沉迷，直到他問了那一句，「後來呢？」……

他臉孔刷的慘白，低頭望著酒杯發愣。

「後來嗎？後來……」我爽快的把故事說完。

他研究似的看著我，我將他的酒杯斟滿。這是最後一杯酒了。「老爺子，這是個很愉快的夜晚，很是盡興。」我站起來，準備去牽我的機車。

「慢著。」老土地叫住我，「姚先生，你的故事很好聽啊。老兒當了一輩子說書人，自嘆不如。」

他轉了轉酒杯，望著澄澈的伏特加。「你酒量還撐得住麼？若撐得住，你袋裡的酒拿出來，換老兒說個故事給你下酒。」

「老爺子，我不是好人，我是故意的。」

「我知道。」老土地爆笑出來，「生前死後都沒遇見過你這種人，有趣得很。你有其他故事吧？初二、十六化個幾本給老兒看看，就算承情了。嗯，該從哪兒說起呢？話說……」

各族皆有巫。只是歷經各宗教和政權打壓，巫族學會沉默自保，默默傳承。當初唐山渡海而來，為遠離戰亂，一族專精於咒殺的巫女喬裝為男子，也跟著來到蠻莽的新天地。

在這兒，她們和平埔族的巫師互相交流，將佚失的典籍用他族巫術補足，漸漸有了系統，並在此地生根。不過巫者行蹤隱密，母女相承，一直不為外人所知。

「姓氏自然是不同的……這些巫女也嫁人生子，不然哪來的女兒相承？生了女孩兒當然各隨父姓。」老土地打了個酒嗝，「但她們有特殊的族譜，自稱『巫家』。長女成年未嫁前都住在鍾家那片土地上，出嫁才離開……過世後必定要祕密葬回原地。所以你去的那棟別墅，底下可是深埋無數巫女骨灰……」

我額上沁出點點冷汗。這些我可不知道，萬一鍾秋離的列代外祖母、玄外祖母……通通爬起來找我麻煩，就算流乾身體每一滴血恐怕都不足以鎮壓。

太莽撞了。

「小夥子，這下你明白了吧？為啥老兒裝聾作啞。那票女人有自己的主張，不是好相與的。再說，這幫子女人睡得很沉，也不輕易干涉人間，老兒就睜隻眼閉隻眼了。

「你額頭的印記，是她們累世最惡毒的咒，中者七七四十九天中必定潰爛輾轉，哀號痛苦一週才死……腐爛到魂魄裡頭，就算神仙也救不了你。

「這般毒咒她們從唐山到此也只使過一次，你是第二個。小子，你是不是欠了那女人的風流債？瞧你細皮嫩肉，聲若少女，怎麼惹人不睜眼瞧瞧，巫家的女人是可以惹的麼……？」

「……我倒沒惹什麼風流債，只是多管閒事惹了一身腥。」我將來龍去脈告訴了老土地。

老土地轉著酒杯發愣，雪白的眉毛皺得幾乎要連成一氣。「……這難辦，難辦。巫家女兒成了夜叉，這是百年來沒有的事情。說起來不救你，老兒睡不著，要救，又無能為力……這咒根埋在巫家眾姥姥的屍骨中，你要下去解，倒也不用等毒咒發作了，直接就成了絞肉……」

他想了很久很久，突然鬆開眉頭。「姚先生，你可知道咒殺構成條件？」

我搖頭。我怎麼可能會知道？我是普通的小說家，網路又搜尋不到這個。

「需要根源、咒具、使咒者，三者缺一不可。根源和咒具你不用想了，九成九在巫家眾姥姥那兒。但使咒者既然沉不住氣，你反過頭去找她。」

「……我像是打得過她的樣子麼？」忍不住苦笑起來。

老土地挑剔的看著我，「瞧你這副姑娘模樣，風吹就倒，還說到打？不過凡人死後成為厲鬼常見，變成夜叉頗不尋常。巫家沒有夜叉血統，是怎麼會變成這樣？你若找到根由，說不定可解此厄。」

老土地說完，收起沒喝完的伏特加，收拾了小包包，拎起自己的神像，拿起腳就要走。

「……老爺子？」

他沒好氣的回頭，「我洩了巫家那幫女人的底，難不成留著等她們來砸？我去萬應公那兒躲躲……」

「怎不去城隍爺那兒？」

他無奈的看我一眼，「城隍生前娶的就是巫家姥姥之一，我去觸霉頭麼？」

看他走遠了，我搔了搔腦袋。沒想到神明間的愛恨糾葛、官商勾結、裙帶關係，是這樣的錯綜複雜。

看起來要靠自己了。

最後我躲在網咖發呆。

過往的行人會好奇的看我一眼，又撫著雙臂快速逃逸。弄得這麼冷也不是我願意的，我猜阿梅跟在我旁邊，但她不肯現身，我也不想強迫她。

瞪著螢幕，我把名為「夜叉」的故事叫出來看。到了結局，那片漆黑……我發現漆黑是有一段時間的，雖然不長，但也有幾秒鐘。

就這幾秒鐘，從鍾秋離變成夜叉。

她一面釘一面哭嚷著什麼？我自問。

剔除一大堆髒話，她哭喊，「你會不得好死！就算我變成夜叉惡鬼也不會饒你……」

我湧起一個很荒謬的假設，但馬上排除了。不可能的……

但我還是去她咒殺我的地方看看吧？畢竟她是在那兒變成夜叉的。問題來了，這座號稱國家公園的山，綿亙看不到盡頭，會有多少百年神木？

「死了……」一陣頭昏眼花，我摀住眼睛。

接下來五個禮拜，我幾乎都在山裡面徒勞無功的跋涉。一開始，我還盡量自己找，但我發現我根本走不了多遠。逼不得已，我只好抓著山裡頭的精怪開始說故事，哄他們去幫我找那棵神木。

我當然知道人情債還不完，但是每過一個禮拜，那漆黑就大一圈。現在我整個臉像是包公一樣，就欠額頭一個月彎。

這樣緊急的時刻，我還聽到身邊傳出一聲「噗嗤」。

我開始檢討，並且發誓絕對不再多管閒事……雖然我知道幾乎不可能。

瞧瞧我管閒事管得差點沒命了，還被苦主之一譏笑！

時間一天天的過去，終於到了最後一週。我幾乎把山裡頭各式各樣的神木都拜訪一次了，甚至幾棵有靈的神木還害羞的問我要不要小老婆。

我不要小老婆，只想保命。之前一直沒什麼感覺，最後一週，我日日夜夜都聽到嗡嗡聲。像是很多蜜蜂在身邊繞。

起初聲音很小、似乎在很遙遠的地方。然後越來越近、越來越近。

這聲音吵得讓我睡不著，然後額頭出現一抹白痕。看起來還真的有點像包公欸。我恨我自己這種狂熱，這種快要沒命的時候，我居然浪費時間在照鏡子，而且還不斷的做筆記。

「……你真的想活下去嗎？」阿梅的聲音悶悶的響起來。

「我很想好嗎？」我沙沙的抄著筆記，「但我控制不住啊！」

* * *

「真的已經找遍了百年神木？」我喃喃自語著。

這山的山神成了我的讀者，拚命點頭，「對啊，一百歲的神木都找過了。」

我是個小說家……好吧，三流小說家。但我對文字、語言，是非常敏感的。我開始冒汗，因為我想到卡莉的勇士那種接近蠢的純真。

我找遍了整座山，但我似乎沒找過鍾家別墅附近，讓山神精怪帶著我亂撞。

「巫家……巫家附近有神木嗎?!」我叫起來，並且祈禱不要發生這樣好笑的意外。

「有啊。」山神點頭，「不過那棵一百零一歲欸。不是百年神木。」

……我不該高估讀者的智商！我的錯，是我的錯！今天，今天就是最後一天了啊～

我跨上機車，發瘋似的往前奔。到了午夜，就滿四十九天了。我看看錶，老天哪……半個小時，我來得及嗎？

等我連滾帶爬騎到鍾家別墅之前，那堆廢墟在月光下特別怵目驚心。我奔進過腰的芒草中，終於看到那棵鬼氣森森的神木。不知道是巫家的氣太凶還是怎樣，那棵枯黃的神木顯得非常險惡，隆起的樹瘤像是很多人臉。

……鍾秋離真是好膽量，居然敢在半夜往這棵怪樹釘釘子。衝了過去，遠遠的我看到樹幹模模糊糊的釘著一樣東西，讓人發冷的是，靠近一看，釘子釘過的地方，湧出鮮血，汩汩流下來，染紅了上面的小草人。

鍾秋離應該很恨我……草人上面起碼有一打的釘子。

伸手要取下釘子，一直纏個不停的嗡嗡聲突然震耳欲聾。天空突然被大片的黑雲遮住，伸手不見五指。

樹瘤上的人臉，突然通通張開眼睛，發出尖銳的叫聲。那聲音那麼尖，尖得像是錐子，從耳朵灌進去，筆直的刺入大腦。伸著手，但我不能動。

遮天蔽月的黑雲，爭先恐後的鑽入我額頭上的白痕。憎惡、忌妒、啜泣、傷痛……無數強烈的情緒鑽進我的身體、魂魄，然後開始翻攪起來。

我大叫，只能在地上滾動。所有的理性和思維都破破碎碎的，組織不起來。啪的一聲，阿梅賞了我一耳光。她的鬼氣滲入我的頭，將烏黑的怨念擠出一點。

「妳這賤貨敢礙我的事?!」鍾秋離一把抓住她的頭髮，拔掉她的手臂，「也不拿鏡子先照一照！」阿梅像是破布娃娃一樣被她扯得東一塊西一塊，淒厲的哭叫。

我嘔出一些黑水，大腦清楚了一點。雖然我知道那個假設荒謬可笑到簡直不可能，但除了這個線索其他我一概不知。

用最後的力氣去撼動釘子，想把草人拔出來。只覺得腦袋一緊，陣陣劇痛，鍾秋離揪緊我的頭髮，將我的手按在樹上。

「寫作是你的生命，對吧？」她赫赫的笑起來，「那，這樣呢？」

一陣強烈的疼痛和恐懼鑽進我的內心，讓我大叫起來。她用鐵鎚敲碎了我的食指。

「只斷一根手指還能寫對吧？那，這樣呢？」她又揮鐵鎚一下下敲斷我右手其餘的指頭。

「住、住手！」我大吼，拚命掙扎想搶回我自己的手，肉體的痛苦完全可以忍受，但我的手，我的手！我賴以寫作的手！

「這樣還不夠對嗎……你們以為，在夜叉之前，你們能夠妨礙我嗎？」她瞪著撲過來的山神和精怪，「我是化為夜叉的、巫家的女兒！」

神木上所有的樹瘤都變成了一張張老婦人的臉，並且尖叫起來。聽到那種聲音的眾生，像是喝醉了酒，東搖西晃的趴在地上拚命發抖。

她滿意的笑，笑聲宛如夜梟。鬆開了我的右手，然後將我的左手按在樹上。

完了。阿梅灌在我臉上的鬼氣快擋不住了，黑暗的怨念一直冒上來，我的理智……我會讓這些女人的怨恨啃噬、腐爛，原本還抱著微薄的希望，但我的手……

「你、你對寫作的怨念只有這麼多嗎……？」被粉碎的阿梅吃力的重組魂魄，「我看錯你了……我以為你就算死也……」

怒氣緩緩上升、翻滾。我對寫作的怨念？妳怎麼可能懂我對寫作的怨念？我幾乎拋棄一切的那種怨恨？

「……我可是、可是連被鬼掐著脖子也要寫下去的瘋子啊！」我怒吼。因為夜叉按著我的左手，所以我離草人近了一點。我伸長脖子，一口咬在草人上面，歪斜的釘子劃破了我的臉頰。

然後我的舌尖，有了一點刺刺的感覺。

在這種時候，反而所有的感官都被放大。那個荒謬的假設在我腦海盤旋，毫不猶豫的，我將那細如絲線、柔韌的東西，用牙齒拖出草人的肚子。

我保住了左手小指。身後的夜叉發出尖銳、痛苦莫名的哀鳴。她跌跌撞撞，臉孔的血不斷流下來，額頭的角晃了晃，掉在地上，化成一股青煙。

像是她的肌膚沸騰，她不斷的叫，不斷的叫，糜爛的一塊塊掉下來，原本鑽進我身體裡的怨念，用更快的速度飛到她糜爛的身體裡，加劇她的崩潰。

「……反噬。」抓著自己的左手和右腿的阿梅恨恨的說，朝著地上的糜爛屍塊吐了口口水。

我將臉孔貼在樹幹上，緩緩的滑下來。「……送醫院。」

說完我就昏過去了。

＊　＊　＊

嗯……我保住了一條命，甚至動了手術。很幸運的，雖然九根指頭都是粉碎性骨折，一來是大夫醫術高明，二來是肉芝的奇效，後來我除了一點補丁似的疤痕，倒是沒有殘廢。

但是造成很大的混亂和騷動。明明姚夜書在跟前吃飯，卻接到台北的電話說姚夜書在急救，回頭一看，那個發瘋的小說家不見了，只剩下一套衣服……

我想是誰都會害怕吧？

不過因為我昏迷過去，所以可以推說完全不知道。只是好幾個醫生護士都辭職了，等我從台北搭救護車回分院，又引發一波辭職潮，坦白說，真的不是我願意的。

就算有肉芝的加持，我還是把兩個手裹得跟小叮噹一樣，好一陣子都不分五指。嚇壞的編輯還是來探望我，遇到催稿的性命關頭，怕鬼的都不怕鬼了。

「……知道了。」我爬起來，遲鈍的用唯一沒包著的左手小指敲一指神功。

「你可以用語音輸入法啊。」編輯似乎有些羞愧。

「你用過嗎？」我自棄的嘆口氣。

語音輸入法有個重大缺點。他必須很慢很清晰的念出來。

比方說，「我愛你。」用打字的多簡單方便。

如果變成語音輸入法就是……

上引號、我、愛、你、句號、下引號。

你真的覺得這是寫小說的好方法嗎……？

反正只是加個結局，字數也不多。「夜叉」的女主角早已癱成一灘碎肉，也不會抗議了。

「……你會不得好死！就算我變成夜叉惡鬼也不會饒你……」她放聲大哭，非常絕望而憤怒的……只見一片黑暗。

因為太激動，她的頭髮飛揚起來，遮住視線，而她，將自己的頭髮釘在草人上了。

「……啊。」

因為這個令人羞愧的理由，她成為夜叉。

編輯在身後看到結局，他沉默很久。「……夜書，這是驚悚鬼故事系列，不是鬼笑話。」

我虛弱的爬回床上，很費力的讓自己躺好。「有時候，你真的不要高估鬼的智商……應該說夜叉的智商。」

說完，我自己都覺得好笑。看著自己的手，我笑了起來。「呵呵……咯咯咯咯……」

編輯立刻奪門而出，跑之前，居然沒忘記把稿子帶走。

第四話 鬱結

沒有什麼緣故的，我病了。

住院一年，不是失蹤，就是傷病，但那只是肉體上的折磨。我說過，我很能忍痛，或許是我喜歡細細分析疼痛的感覺、深度，試著用文字解析這種感受。當專注於分析的時候，很自然而然的，會忘記真正的疼痛。

反之，即使是在悲痛中，我也保持一種興致高昂的狀態，或許還過度亢奮。

但是在蟬聲高唱，豔陽盛夏的時刻，我卻莫名其妙的病倒了。

真奇怪。我的手已經痊癒了，可以寫作了，經過一段時間的靜養，日子過得很順利，讀者沒有再對我有多餘的要求，出版銷售數字也還不錯，我也不是沒有靈感。

像是一滴墨汁滲入清澈的水中，漸漸染黑，我的心漸漸陷入低潮，最後臥床不起。

什麼事情也不想做，什麼念頭也想不起來。我只是躺著，然後想要睡去，若沒睡著，就對著牆壁發呆。

甚至連呼吸都無可奈何，甚至有些厭煩。

「……你進入鬱期。」楊大夫仔細看著我的病歷。「似乎是遺傳的關係。」

我沒說話，只是看著天花板。

「原本你的發病很平緩，但這一年來，你受了太多刺激和傷害。」他靜了一下，「或許不該讓你轉院。」

「不轉院也一樣。」我開口，「一切都還是會發生的。」

他沒說話，我也沒有。我看著日光在天花板爬行，然後在輕鋼架的脈絡上閃爍。那裡，是阿梅上吊的地方。那假上師什麼都替她準備得好好的，包括墊腳用的工作梯。

楊大夫站起來，遮住我的視線，揚了揚他手裡的稿子，「阿梅？她沒投胎嗎？」

糟糕。我抓緊了被單。看著他手底拿著的《夜叉完整版》，我有點冒汗。當初我交稿的夜叉只是一半，後來我寫成完整版，因為楊大夫想知道歷程，我也無可無不可的給了他。

「……人來人往的，他們又不歸我管。」我別開視線，「我怎麼會知道？」

他背對著我坐在床上，很輕很輕的嘆息。「姚，肉芝只是拿掉你的生命上限，讓你不衰老，並且加快痊癒速度而已。那並沒有神奇到保你不死。如果魂魄破壞得太嚴重，依附不了肉體，肉體存活有什麼意義？」

我沒說話。

「你的魂魄已經千創百孔。我行醫上千年，沒見過這樣的例子。一般人讓鬼氣侵蝕成這樣早該死了。最好的情形是變成妖怪，最壞就……」他頓了頓，「該說你運氣好還是不好，你破碎的魂魄反而抓緊這些鬼氣，用鬼氣修補魂魄。但這很危險，你懂嗎？」

「……嗯。」

「我想過，是不是該給你根羽毛，好讓你與眾生隔離。但我不敢嘗試……」

「隔離了鬼氣，我可能會死？」我望著牆壁。

「……對，可能會。姚，不要去找危險。如果你真的想要繼續寫下去，就不要這樣帶著自我毀滅的狂氣去找危險。」

「不是我去找危險，而是危險會找上我。」我呼出一口氣，冉冉的白氣。在這種盛夏，我依舊覺得冷。

「鬱期早晚會過去。但你要記住，因為你的衰弱，會讓鬱期的時間變長、加深。」

「知道了。」我垂下眼簾，「要遠行？其實沒有必要。」

第一次，我看到泰然自若的楊大夫怔住，露出脆弱的神情。

我知道他為什麼對我另眼相待，我也知道其實他不太喜歡我。他的故事、他養女的故事，我都在無意間「閱讀」過，並且寫出來。

神明，也不是無所不知的。有些時候，我知道的比他們多。雖然一點用處也沒有。

「……最後一次。」他向來低沉溫厚的聲音變得嘶啞，「若這次再落空，我就停止。我真的沒辦法在這裡等……待我回來，就將你轉到本院。」

愛著人類這種短命種族的神明，總是註定要悲傷的。

「好。」我閉上眼睛，睡著了。

睡著是好的。最少我睡著的時候，用不著想什麼。咕嚕嚕的黑暗，漂浮著。這種感覺，很接近子宮裡最初的沉眠。

連自由活動我也不去了，只是蜷縮在床上。當然，醫護人員很高興，最少醫院安靜了些。

之前因為我外出隨行的大票鬼魂部隊引起的騷動，也因此銷聲匿跡。他們最大的希望就是別惹出什麼麻煩，每次我外出散步總可能引起病人的恐慌和休克。

但是，他們還是得來勸勸我，給我百憂解或其他什麼藥物。我倒是都溫馴的吃下去，不像以前扔進馬桶裡。

雖然吃下這些藥物讓我的情緒更像是戴了白手套，什麼都寫不出來。但我不在乎，什麼都不在乎了。

連寫作的執念都消失，我的存在也會消失吧？

我一直在睡覺，清醒的時間越來越少。因為沒寫什麼，讀者也漸漸無趣的散去。只剩下卡莉的勇士還在守門。我趁著清醒要他們離開，哪兒都好，看是要投胎轉世，還是去哪兒作祟，鬧個天翻地覆，都比守著一個死了大半個的廢物好。

他們搖頭，很忠心的守下去。我只能背轉過身，閉上眼睛。

在咕嚕嚕的黑暗中，我在下沉。不斷的，沉下去。沒有底，沒有底。

但有人搖著我，哭著。勉強張開眼睛，一雙青光燐燐的眼睛望著我，流著淚，抓著我胳臂的枯瘦手指長著黝黑扭曲的指甲。

「……阿梅。」太久沒開口，聲調非常古怪、嘶啞。

她趴在床頭，用一種厲鬼的姿態。我突然難過起來，她本來可以什麼都想不起來，茫然卻快樂的等待天年到盡頭，終歸會有人來接她的。

摸著她滑溜冰冷的頭髮，她卻沒有大怒的別開頭，只是哭。「夜書，你怎麼了？」

變成厲鬼，還保有人類女子的性情，這是幸還不幸？

「楊大夫知道妳的存在了。」聲音乾澀，我苦笑，「別再殺人，去深山修煉吧。或許……是我害了妳。」

「你閉嘴！你閉嘴好不好?!」她勃然大怒，露出厲鬼的神情，「是我自己想不開，關你屁事？拜託你不要這樣要死不活好不好？不要去到我去不了的地方……別去那裡行不行？」

我要去哪裡？我問著自己。

所有污穢、怨恨，不堪的往事像是湖底的淤泥揚起來，我在這裡頭不斷下沉。這不是厲鬼夜叉，牛鬼蛇神造成的。而是病。一種叫做憂鬱的病，讓我不斷下沉。

不斷下沉中，我看到母親。她也在沉沒。

「……媽？媽媽！」我大叫，「媽媽！」

她在黑暗中，蜷縮著身子，漸漸沉下去，最後倒在被褥中，面著牆壁。

「媽媽，你怎麼了？」我伸手推她，發現自己的手，居然這麼小。

媽媽用力睜開眼睛，轉眼看著我，露出一絲悽苦的笑，「弟弟，沒事。」她輕輕撫著我的頭，留戀的摸著我的臉頰，「媽媽只是病了，很快就會好……等我到底，很快就……」

「妳要裝死到什麼時候？幹！」房門粗魯的發出巨響撞開，「有什麼病？只是神經病而已！娶妳這個破病女人有什麼用？」年輕力壯的爸爸抓著媽媽的頭髮拖出被窩，「幹，當初就不該娶笑欸的女兒，有夠觸霉頭……」

我哭叫著抱住爸爸的腿，卻被他踹出去，不知道撞到什麼，後背一陣劇痛。我想我是昏過去了，意識漸漸的昏沉，但昏過去之前，我還聽到爸爸的叫罵，「妳老母有病，妳也有病！阿芬也有病的話，真是謝世謝正……」

「媽！」我跳起來，心臟幾乎跳出口腔。一瞬間，我幾乎看不見什麼，只有白花花的陽光，刺得我幾乎盲目。

我做夢了。用力嚥了嚥口水，雙手不斷顫抖。怎麼？我怎麼會去做這種夢？其實不算夢吧……這是小時候的記憶。

我父親在封閉山村有著大片的田地和山林，算是地主，在山下的小鎮還有鋪子和碾米廠。他雖然只是個富農，卻心高氣傲，脾氣極壞，儼然是家裡的霸主，家人都懼怕他。

但是比起鄰人的毆妻惡習，父親算是個好丈夫了。他對母親極好，不時會替她買布料和胭脂水粉，雖然生性簡樸的母親總是默默收起來。

只有一件事情讓他無法忍受，就是妻子的「病」。她偶爾沒有緣故就臥床不起，這會惹得他大吼大叫，有次還痛毆了她。

這是他第一次毆妻，也是最後一次。

現在想起來，母親可能是有週期很長的躁鬱症。這是種家族遺傳，外祖母就是因為臥床不起，逐漸不進飲食，衰弱而死。

為什麼我會夢見這麼遙遠的事情？阿芬？那是我雙胞胎姊姊啊。我又為了什麼，會突然憂鬱起來，幾乎放棄一切？

坐在床上發了好一會兒的呆，我盡力爬下床。站在地上的感覺，有些奇異。

我決定去撥通電話給姊姊。

* * *

放下電話，我安靜了一會兒，往辦公大樓走去。

我是個很曖昧的病人。說重病，大部分的時候我都能夠自理生活，足以出院，但我還是自費住在這裡；說沒病，我卻常常會突然「發作」，更糟糕的是，我會突然失蹤，引起許多麻煩。

所以我試圖請假的時候，大夫冷淡卻不太自然的看我一眼。上回從樓梯一路滾下去的陰影太深。

「咳，你的精神狀況未達請假標準。」輕咳一聲，他冷冷的說。

又不是颱風，還有什麼請假標準。

「我姊姊病了，我得去探望她。」我有點虛，自行坐在他面前。

大夫湧起一陣憎惡和恐懼。可以的話，他想狠狠揍我一頓，把我扔出去。這年頭因為志願想當醫生的人很少，大部分都把新台幣看得比理想重要太多。這我不在乎，但堅持高標準的收費，卻是低破地平線的服務，這我很在意。

「你的身體不適合出院。」他拍了拍病歷表，「我讓護士送你回去休息吧。」但他按的是警衛的分機。

我沒有掙扎，緩緩的站起來。其實我可以叫什麼陀的留在醫院裡裝瘋然後溜出去，但我不太想再引起什麼恐慌和騷動。

「大夫，如果你不想看到醫院起什麼事端，最好讓我請假。」我靜靜的說。

「你威脅我？」他終於按捺不住，吼了出來。但他一站起來，臉孔漸漸蒼白，冷汗不斷滲出。他稍微有一點點靈感，而我離他這麼近，他實在很難看不到阿梅和勇士們。

警衛架住我，「可以嗎？」我平穩的問。

「……好。」他跌坐在椅子上，掩住臉，「快、你快走！」

憂鬱的虛無依舊主宰我，但已經比躺著不動好許多。我走出精神病院，沒讓誰跟著我，只有阿梅怒氣不息的隱在我身後的影子裡。

應該是攔不到計程車吧？但我還是耐心的等著。終於有輛計程車逃逸之後，突然停住，然後倒車很遠，膽戰心驚的看了我好幾次。

「……小姐，我載過妳。」

我沒說話。臥床太久，我虛弱太多，說話浪費力氣。

「載了妳以後，我感冒了一個禮拜多。」

「……對不起。」

司機很害怕，他抹了抹汗，「上來吧。反正我最近時運也夠低的了，一次補足好了，不然看妳快要暈倒等著計程車……真的晒病了也不好。哎，最近真的很倒楣啊……」

我有一點動容。坦白說，我受不了這個。我寧可大家都唾罵我、恐懼、遠離。這些自私的人容易應付多了，我畏懼天真善良的好人。

但我默默上車，帶著收不住的鬼氣。

我說過，不是我去尋找危險，而是危險來找我。

助手座的男人，將頭顱轉到背後，陰森森的望著我，警告我不要多管閒事。

我真的很討厭這種「抓交替」的惡習。沒有什麼緣故，不是冤親債主，只是隨機的纏上一個無辜的人，想辦法弄死他，好頂那個人的缺，脫離無法轉世投胎的行政疏失。

「咯咯……咯咯咯咯……」我輕笑出聲。

我的譏笑激怒了他，他的脖子伸得很長，嘴巴張得很大，大得幾乎可以將我的頭一口吞下。

一隻更巨大的鬼爪，枯瘦的手指有著烏黑扭曲的指甲。抓住他的頭，將他腐爛的眼睛將從眼眶裡擠出來。一使勁，捏個粉碎。腐爛的皮肉噴到我臉頰上，但我眉毛都沒動一下。

「妳、妳笑什麼？」司機害怕得開始蛇行。

「沒什麼。」我垂下眼簾，細聲的喃喃自語，「我笑新死的鬼自不量力。」

我，可是姚夜書啊。

*　　　*　　　*

不是我去尋找危險，而是危險尋找我。

我站在姊姊的樓下，仰望這棟十四層的大樓。我的姊姊和我是雙胞胎，但個性容貌，乃至於走上的道路都不同。

她一直是個乖孩子，即使只大我五分鐘，還是會擺出姊姊的樣子。她不懂我為什麼這麼奇怪，但她寬容我。

高中畢業她就結婚了，嫁給隔壁青梅竹馬的男孩子。後來隨著丈夫來台北發展，她還是安安分分的在家當家庭主婦。她的丈夫和她個性很像，都是溫柔體貼的，母親過世後，老了許多的父親來跟他們住，甚至把母親的牌位帶過來，她的丈夫也不抱怨。

但她病了。

父親說，要讓她安心養病，所以帶著母親的牌位回鄉。我想，他只是忍不住焦躁的不安，他一直都這樣。

我也終於知道，為什麼我會突然跌入憂鬱的深淵。這種病應該纏綿在家族女性身上才對。

我和姊姊終於有點兒像是雙胞胎了。她的痛苦，感染到我的身上。

按了門鈴，姊夫遲疑的從貓眼看了我一會兒，才打開門。他擠出一個不自然的笑，「阿、阿弟？你變真多……我是說帥很多。」他毫無自覺的抽搐了一下，「請進。」

「姊夫。」我低頭，脫了鞋子，並沒有笑。到底我不想嚇壞他。「姊姊呢？」

「你阿姊在睡覺。」他躊躇了一會兒，「來吧，我帶你去看看醒了沒有。」

在玄關，我就微微凜了一下。我姊姊的手很巧，她從小就喜歡剪紙縫紉，很斯文賢慧。當然，她會喜歡中國結也是應該的。

你知道中國結吧？就是拿線來編織成各式各樣的結。有雙錢、鈕扣、盤長、萬字等等變化，通常是用紅線編的，曾經流行過一陣子。

但是，從玄關到客廳，滿滿的都是精緻而絢爛的中國結，有的裱框，有的垂吊，有的大、有的小。

看到我注視這些中國結，姊夫笑了笑，「阿芬就愛這些。她還去當老師呢……但是現在……」他頭一低，抹了抹眼睛。

……太多的結，看久了會暈。

走入姊姊的房間，我嚇了一跳。我以為看到媽媽……

爸媽的房間是通鋪，總是鋪了棉被睡覺。姊姊的房間也是，在空心木頭地板上鋪著棉被，姊姊躺著，面對著牆壁。

房裡有個小女孩，三、四歲大吧？她看到我，害怕的躲在姊夫身後。「小芳。你還記得吧？她剛出生的時候你還抱過她。叫舅舅啊……小芳，要有禮貌喔。」

「舅舅……」她怯怯的說，「阿姨。」

姊夫很尷尬，「哪來的阿姨，小芳，別亂說。她還太小，真不好意思……」

我抿了抿嘴角，算是笑。小芳是個有禮貌的孩子……但她和我小時候一樣，都「看得見」。她看得到阿梅。

聊了一會兒，我知道姊夫特別請了年假，照顧不斷昏睡的姊姊。他們結婚以來，姊姊偶爾會這樣，但不頻繁，一年一兩次吧，最長不過兩天。但這次，卻昏睡很久、很久。

「兩個禮拜了。」姊夫又抹了抹眼睛，「去看醫生，醫生只叫我們轉精神科，說是憂鬱症。但阿芬怎麼可能也……」

我默然，廚房的水開了，發出嗶嗶的聲音。他慌忙起身去廚房，留下小芳和我在一起。

小芳很怕我。小孩子跟動物相彷彿，有著非常靈敏的本能。我轉過臉不看她，盤膝坐在姊姊身邊。但一坐下來，發現小芳的身後似乎有條線。

轉頭看了看她的身後……突然有種噁心的感覺。不知道是什麼東西，穿出了她後背的衣服，蠕動著，像是輕飄飄的蛔蟲。那種顏色讓人難以言喻，像是髒兮兮的水色，讓人很不舒服。

我伸手想摸看看，只摸到她後背一小團隆起，小芳就大哭起來。

「你想對小芳怎麼樣?!」姊夫衝進來，保護的抱住女兒，「走開！」他搞不好比女兒害怕，卻固執的擋在前面。

我垂下眼簾，「……她身後的蝴蝶結鬆開來了。」

姊夫漲紅了臉，看著小芳鬆開來的蝴蝶結。但眼底滿滿的不信任和恐懼。

「……阿哲。」姊姊虛弱的喚著，「小芳只是怕生而已。」她張開眼睛，眼底滿是疲倦的虛無，「沒事的，一切都會沒事的……」

「阿芬，」姊夫握著她的手，「妳、妳趕快好起來，不然、不然我、我不知道怎麼辦……」他終於忍不住，像個孩子般哭起來。

姊姊彎了彎嘴角，回眼看著我，眼底有著痛苦和疲憊。「阿弟，你來了？」

我點了點頭。

她發呆了一會兒，那種神情，我很熟悉。在我臥病不起，還有母親的臉上，都看過那種絕望的憂鬱。

「阿哲，你帶小芳去吃午飯吧，回來在幫我們帶一份。」她坐起來，很吃力的，「不會有事的。」

姊夫很不放心，但他一直是個溫順的人。姊姊當初會嫁給他，曾經笑著說原因，「我不嫁給他，他將來怎麼辦？這樣一個溫吞的好人，我不幫他拿主意，他怎麼過？」

牽著小芳，姊夫默默的走了。我注視著小芳的背，那不祥的觸鬚像是海葵般一伸一展。

看他們出門，姊姊無力的笑，「你從小就怪，現在變得更怪了……你看到什麼？小芳的背……怎麼了？」

我沒說話。因為我瞥見一綹觸鬚，從姊姊的背後蜿蜒，微微的顫動著。

「姊，」我壓低聲音，「把屋子裡所有的結都燒掉吧。」

她愴然的望著前方，「是嗎？」姊姊輕輕嘆息，「果然是這個？」虛弱的笑了一下。「阿弟，你摸我的背看看。」

我順著她瘦弱的背摸下去，心底微微一沉。她的背後有著一團隆起，很大，鼓得滿滿的，像是快要破裂了。

「醫生說是面皰瘤。但和我的病沒有關係。」姊姊淡淡的說，「割掉也沒用，很快就會長回來……得等他自然成熟、爆裂。我常醒來，滿床的血……通常病就好了。」

但會復發，再長，等長到接近成熟，就會開始憂鬱、被空虛灼傷、昏睡。直到這個腫瘤成熟裂開。

「……媽媽是怎麼死的？」我軟弱的問。

姊姊沒有說話，只是嗚咽一聲。

「跟外婆一樣嗎？」我沒有掩飾聲音，因為痛苦讓我失去控制。

「……阿弟，你的聲音……」姊姊抓著我，「阿弟，你告訴我，為什麼你知道我病了？這只有女人才會有……」

我不是女人，但我也有了相同的「結」。

姊姊摸了我的背，倒抽一口氣，眼淚不斷的流下來。摀著嘴，「阿弟，你怎麼……不、不要，為什麼……」

當姊姊哭泣的時候，觸鬚活潑起來，而且漸漸變粗，茁壯。

「姊，別哭。」我凝視著像是挑釁的觸鬚，「我為妳說個故事。」

「說故事？」姊姊破涕而笑，「你從小就愛瞎編……什麼時候了，我哪有心情聽什麼故事。」

「……我一直想說給媽媽聽，但不可能了。」我模糊的笑了一下，「但我想說給妳聽。」

姊姊定定看著我，她歪著腦袋的神情，很像媽媽。嗯，這可以抄進筆記裡，當作寫作的材料。

「阿弟，」她把我的臉扶正，「不要斜著眼看人，這樣別人會怕你。你說吧，我想聽。」

我說過，我的魂魄千創百孔，無法抵擋負面情緒。尤其是跟我血緣最深的姊姊。我只想放聲大哭，破口大罵，怨恨命運何以如此播弄我、播弄我最愛的兩個女人。

但我只深深吸了口氣，說了一個關於女郎蜘蛛的故事。

這故事的開端非常淒慘陰鬱，結局更是可怕。姊姊聽得入迷，抓著被單的手指發白。但我說到男主角被迫收了女郎蜘蛛，全身發麻並且僵硬的摸摸女郎蜘蛛的頭，說，「嗯，好乖好乖。」的時候，姊姊放聲笑了出來。

「你真是……你真的是……哈哈哈哈……」姊姊抑止不住，打了我好幾下，「又愛嚇人，又讓人哭，最後還叫人笑痛肚子……」

觸鬚劇烈顫抖、枯萎，笑到最後的姊姊，突然輕輕「啊」了一聲。

她的後背，滲出大片的血跡。那個「結」爆裂了。

最後她縫了三針，因為傷口很大，很難止血。但她呼出一口長氣，眼中的虛無消失了，似乎是痊癒了。

我當然知道，只是「似乎」。

下次絕對會再發，而且結會更大。姊姊會終身被這玩意兒綁死，然後會跟外婆、媽媽一樣，慢慢慢慢的虛弱而死。等姊姊過世了，就換小芳。

這與其說是家族遺傳，還不如說是一種詛咒。

姊姊會那麼專精於中國結，很可能是種下意識的投射，但是太多的結，卻會呼喚更多、更大的結。

燒掉這些結，只是治標，不是治本。

我摸了摸後背，的確有個光滑的隆起。但我沒辦法說故事給自己聽。

一直都是危險來找我，不是我去尋找危險。真的。

自從被父親趕出家門，我第一次返鄉。回到那個封閉的山村。

會被踢出來，其實我沒有意外。父親用扁擔打我，這也不意外。像我這樣吃掉母親心臟的逆子，就算被殺也不會有怨言。

最後是鄰居架住了父親，因為他拿出麻繩準備把我勒死。

二叔公勸走老淚縱橫的父親，鄰居誰也沒多瞧我一眼，紛紛散去。他們會勸父親，只是不希望父親吃上人命官司，但心底都是贊同他的吧？

「你幹嘛不抵抗？」阿梅很生氣。

我沒說話，只是走到幫浦邊，把臉上的血洗乾淨。原本在幫浦邊洗衣服的女人，都緊閉雙唇抱著衣服走了。

由此可以看出我不受歡迎的程度。

我坐在幫浦邊，這原本是口井。因為我們這群孩子實在野得無法無天，鄉親們出了錢，把井加了個蓋，弄了個幫浦，當年還是相當時髦的，算是一件大事。

這個村子不大，互相婚嫁的結果，幾乎都是親戚。我在這兒見過陰差，也在這裡度過童年。

最後，我為了寫作，和父親鬧翻，執意去追尋我的夢想。直到我發瘋，直到我吃了母親的心臟。

我想起楊大夫的話：「你不用擔心會被神祇看上，如非莉般。因為你已經被名為『寫作』的暴君抓住了。」

為了這個暴虐的主子，我失去了一切，並沒有比非莉好到哪去。

但我是自願如此的。打溼手帕，我試著將臉蛋的血跡擦掉。

「阿弟。」一個極度蒼老的聲音叫住我，「血氣不行，會貫膿的。來我家吧。」

「……阿太。」我倒是微微一驚。

「阿太」意思是玄祖父。他是村子裡年紀最大的老人。白眉白鬚，一百多歲了，比民國的年紀還大，牙齒幾乎都在，身體硬朗的很。村子裡幾乎都是親戚，要搞清楚輩分和關係夠讓人昏頭脹腦半天。但這個念過漢書，開過私塾，會把脈看病算命相風水的老人家，無論大小，都尊稱他一聲「阿太」。甚至有人說整村人都是他的後輩，不過他老人家總是笑笑。

全村人都願意供養他，但他卻遠遠的住在村外，只是每天在村裡走走，幫孩童大人看看喉嚨痛或中痧風邪之類的。

我跟在他身後，他身上有菸草混合著草藥的氣息，令人安心。但阿梅緊緊抓著我，露出痛苦又倔強的神情。似乎阿太的家讓她很難過。

（因為他說得是很文雅的閩南語，為了避免閱讀障礙，用白話文表達。語氣不足的地方，尚祈見諒。）

「小姑娘，未出嫁就這樣黏著年輕男人，實在不太好。」他對著阿梅說，「若妳真的喜歡阿弟，也要三媒六聘娶進門，才好如此。妳有什麼不解的心願，不妨跟老夫說。」

阿太看得到阿梅？

阿梅羞紅了臉，「要、要你多事！什麼聘不聘，聽不懂！」她一陣風似的颳出去，像是非常生氣。

阿太望著我，欲言又止的，「……她厲氣很重。」

「我也很重。」鬆了口氣，不用掩飾真的太好了。

阿太黯然了，「……你出生的時候，我幫你卜過一課。你是六親無靠，萍海不逢的命。雖有文昌緣，沒有文昌運。」他遲疑了一會兒，「終入鬼道漂泊。當初勸你父親將你捨入空門，他卻死都不肯……也難怪，你是他頭生子，他怎麼捨得？」

原來出生就命定麼？咯咯咯咯……

「阿弟，你所為何來？」阿太悲憫的看著我，並沒有害怕。

我望著他的白鬚白眉，有一點點悲哀。他的年紀很大了，離死亡已經很近很近。但願我從來沒有這種天賦，看不到死亡。

很快的，不怕我的親人要少一個了。

「結。」我注視他，「阿太，村子的女人有的會有結，像我背上這樣的結。」

他仔細看我很久，有種悽愴而懊悔的神情。「……是。『鬱結』。」沉默很久，阿太開口了，「這是冤孽，我沒辦法救，請過無數法師、高僧、道長，最後也還是沒有辦法。但阿弟，這是女人的病。」

我安靜了一會兒。我有著女人的外貌、女人的聲音。但我還不是女人……只是往鬼道走。到我這裡就好了，我應該可以帶著這個病根活下去，並且寫作。

「阿太，我來解。沒有打不開的結。」

他抽了口菸，菸草的味道和屋外清新的藥草融成一氣。

在阿太還小的時候，大約七、八歲吧，鄰近數個村子爆發了一次痲瘋病的流行。

這古老的病症伴隨著歷史，從文獻得知，第一個得到痲瘋病的名人是王粲，主要症狀是眉毛脫落、侵犯神經支配區、皮膚之感覺消失、神經腫大、皮膚有特別形狀之病灶。主要是痲瘋桿菌所引起，世界上百分之九十的人都有天然免疫力，而且現代醫學已經可以治癒了。

但在九十幾年前，痲瘋病是絕症，會讓家門蒙羞、被認為是天譴的疾病。當時引起很大的恐慌，甚至有人偷偷活埋病患，但當疫情越來越擴大的時候，這麼多條人命讓人手軟了。他們只是害怕的農夫，不是殺手。患病的通常是家裡的媳婦兒或老婆，年頭不是不好，他們不是養不起病人。

但他們也怕染上這種天譴瘟疫。

最後長老們商議後，將病人抬去偏僻的山谷，任他們自生自滅，但還是會定期送糧食。若有病患死了，就埋在山谷裡，是不能埋在祖墳的。

這場瘟疫流行了五、六年，就漸漸銷聲匿跡。有些病患死了，有些病患卻活下來。只是爛了臉孔，爛了手或腳。她們默默的在山谷裡活下來，然後等死。

阿太的母親是當中的一個。

「我見過我娘。」阿太愣愣的望著地上，「我九歲時她被抬去山谷了，我們一直以為她死了。但我十五歲的時候，在山裡迷路，遇到她。」

他苦笑了一下，「那時得病的幾乎都是女人——至少最後活下來的都是女人。」

他在山裡迷路，又冷又餓。當他見到母親的時候，沒有認出來。在昏暗中，爛到沒有鼻子、瞎了一眼的女人，看起來非常恐怖。

他尖叫，想要逃跑，卻絆了一跤。

「明生，我是阿娘啊……」母親摀著臉，哭了起來。

這的確是母親的聲音。他沒有逃跑，但也不敢看她完全毀掉的臉。痲瘋病的恐怖深入人心，即使是母親，他也害怕被傳染。

母親沒有再上前，「你餓了嗎？」

他用力搖頭，很餓，但他怕被染上。聽說痲瘋病人會試圖過病給別人，這樣就會痊癒，但被過病的人反過來會得痲瘋。

母親沒說什麼，昏暗中只聽得到她微微哮喘的聲音。

「你的鈕釦呢？怎麼掉了？」她走近一點，看到他的畏縮，又止步了。「沒人給你打鈕釦嗎？」

那時的衣服沒有現在圓圓的鈕釦，而是用中國結那樣的鈕釦結。他低頭看看，晚娘對他不算不好，但這種小事情上就不大留心。他突然有點生氣。若不是阿娘生了這種見不得人的病，他也不用過著低頭的日子。

「明生……阿娘給你打鈕釦，你過來一點……」

他跳起來，飛快的跑掉了。分不出是怕是氣，他一直跑、一直跑，居然讓他找到村子的路，回頭卻大為驚嚇。

頭髮幾乎都脫落的獨眼女人，居然跟在他後面，就在看得到村子的地方。

「滾！快滾！」他大吼大叫，「妳怎麼可以來這裡害人？快滾回去！求求妳……我們都被妳害慘了知不知道？大家看我們都很害怕，怕我們會染病給他們！我為什麼沒有鈕釦？都是妳！妳為什麼要生這種丟臉的病……」

她沒有往前走了，在月光下，她掩著臉大哭，哭了很久很久，慢慢轉身走掉了。

「阿娘……阿娘哭的地方，就是這裡。」阿太茫然的看著菸頭的火光，「就這裡。直到她死了，我才知道我做了多麼殘忍的事情……」

村人去送糧食的時候，發現殘存的女人都死了。躺在許多許多鈕釦上面，許多許多。有的是把自己的衣服裁成布條，有的是把脫落的頭髮搓成線。有的用藤，有的用草，五顏六色，無數的鈕釦。或者說，無數的結。

沒有外傷，也沒有特別的病徵。

「她們是絕望死掉的。」阿太掩住臉，「家裡的孩子沒有鈕釦，她們打了這麼多，卻沒有人敢用。」

阿太的長女出生，就出現了「鬱結」。一種緩慢的、一點一滴侵蝕的家族病。

「這是冤孽，是我起頭的冤孽……」阿太喃喃著，「我吃齋念佛，希望阿娘可以安息。但、但是……」

這個故事，比我寫的精彩。我幾乎有點忌妒了。

「阿太，我想阿娘沒恨你。」我站起來，覺得膝蓋有點麻木。「那山谷就是大人唬我們會有魔神仔的山谷嗎？」

「阿弟，你要幹嘛？」阿太有點驚慌，「那裡很凶惡，你不要亂來！」

我偏著眼睛看阿太。村子裡的小孩，幾乎都是讓他照顧長大的。什麼發燒喉嚨痛，幾乎都是。鋪橋造路，上面刻的名字是「沈李黃嫣」，而不是「沈明生」。

「阿太，我以前一直覺得奇怪，我們該叫你阿祖才對，為什麼是阿太。」我摸了摸他蒼白的頭髮，「你想把這些善行都迴向給阿娘對吧？夠了，明生，阿娘沒怪過你。這也不是詛咒，共鳴而已……只是沒人聽見。」

他看我好一會兒，放聲大哭，我想，跟那個十五歲的明生是相同的眼淚吧。

我借了他的名字，有些吃力的走入那個禁地山谷。

太陽即將西沉，濃密的樹林開始昏暗。沙沙的聲音急速的響起。我以為是觸鬚的，應該就是沒有收尾的結吧。痲瘋病患通常會併發關節劇痛變形，收尾是很精細的動作，可能辦不太到。

有的是頭髮、有的是草、藤，或者是髒兮兮的、藍布布條。沒一會兒，我就讓這些「思念」纏了滿身。

「夜……」阿梅驚慌的叫起來，我抬起手制止她。

「阿娘，我是明生。」我直視著無數蠕動的觸鬚，「我來為妳說個故事。」

我不記得我說了多少個故事。

一個結，一個故事。日昇我在講，月落，我也在講。我講到聲音沙啞，嗓眼破裂，甚至咳出血來，我還在講。

真是糟糕，這樣糟蹋非莉的嗓音。但非莉，妳懂我的，妳一定不會怪我吧？這麼多的阿娘，都在等她們的孩子，一直在等、一直在等。

這真的、真的不是詛咒。她們只是遺憾，絕望的遺憾。這遺憾和相同血緣的女人起了共鳴，她們真的、真的沒有怨恨的意思。

她們是無辜的，外婆也是無辜的，媽媽也是。誰也沒有錯，那是誰錯了？

我繼續用沙啞的聲音講故事。逗她們哭、讓她們害怕，最後一定讓她們笑。她們聽完故事都會抱著我，哭喊著自己孩子的名字……

然後輕輕的「剝」一聲，結裂開來，膿血濺到我臉上，我卻沒有擦。

「……我把她們滅個乾乾淨淨！」阿梅哭嚷著，「夜書，不要這樣，不要這樣！」

「……我才想說，妳不要這樣呢。」每說一句話，我就覺得疼痛非常，「阿梅，如果說故事就能讓妳投胎轉世，我也會說到底的。」

她抱著我的頭，大聲的哭。厲鬼的氣鋒利如刀，冷得令人幾乎凍僵。但這種氣息卻也冷卻我咽喉灼熱的痛。

「阿梅，對不起。」我嚥了口口水，滿是血腥的鐵鏽味道。「我喜歡妳，但不愛妳。」

「不要說了不要說了！不要說話！」阿梅不斷的哭泣，「省省力氣吧……求求你，不要對我說什麼了……如果你還要說故事……」

她很生氣吧？但她讓我靠在她肩膀上。

阿梅啊，妳不了解。我欠了很大很大的債啊……只能讓這些阿娘高興一點，能夠安眠。我真正想要說故事給她聽的人……我的阿娘、我的媽媽……

她是永遠聽不到了。

直到最後，阿梅告訴我，一個禮拜內，我說了九十九個故事。

我贏了吧？比起這個悲慘卻精彩的故事……以量取勝，我也該贏了吧？我笑了起來，卻比鬼哭的聲音還可怕難聽。

「阿娘……媽媽。」我喃喃著，用我自己都幾乎聽不見的聲音，茫然的將手伸向虛空，「媽媽，我說個故事給妳聽。」

我該說什麼？我能夠說什麼？

「媽，我還活著。我現在的名字，叫做姚夜書。我吃了妳的心臟，只要我還能呼吸，我就說故事給妳聽，一直說給妳聽。」

輕輕的，「剝」的一聲，我背後的結，破裂了。

我想，我是昏過去了。一雙溫暖的手，扶著我的臉。柔軟，有一些硬繭。我記得冬天很冷的時候，她總是這樣握著我的臉。

媽媽，妳聽到我的故事了吧？

＊　＊　＊

最後我是讓阿太救回來的。

其實村子裡的人已經在那兒徒勞無功的找我整整七天。阿太幾乎踏遍了整個山谷。將幾乎斷氣的我拖回去時，我睜開眼睛，「阿娘，在下面。」我只剩下指著地面的力氣，「她們也該回家了。」

後來挖掘出很多屍骨，阿太拿出他所有的積蓄，將這些阿娘請回祖墳了。

營養不良、脫水……我看起來很糟糕，但其實還好。

只是來接我的楊大夫很憤怒，他一把揪著我的胸口，幾乎將我提起來，「你到底在做什麼?!你知不知道你在做什麼?!看看你！你還剩多少陽氣？看看你！」

我沒有掙扎，只是靜靜的看他。我知道我消耗得很快，我現在的體質比較像鬼，而不是像人。我在日光下的影子非常淡，這我都知道。

但是，那也只是體質而已。

「我很滿足。」我笑，「楊大夫，我現在最接近人類。」

他流露出慘傷的神情，鬆了我的胸口。「……是啊。」沉默了好一會兒，「是的。」

部分。

「嘿嘿嘿嘿……哈哈哈哈……咯咯咯咯……」我大笑起來了。

我真正補完了，成為一個真正的小說家，最少對眾生來說，我是。我補完了人類的部分。

楊大夫將我轉到本院去，於是，我在分院的故事有了完結。

至於本院發生了什麼故事……現在我還不知道。或許有那一天，我會告訴你。或許你會害怕，或許你會哭，也說不定……你會笑。

如果你能忍耐鬼氣的侵蝕，和我的笑聲，說不定會告訴你，說不定。

將凝視深淵的故事告訴你，並且和深淵一起，凝視著你。

咯咯咯咯。

（姚夜書第二部‧天聽　完）

作者的話

第一部・陰差

終究是寫完了。這一本不到一個禮拜，日也寫夜也寫，連做夢的時候都在寫，寫到手指起水泡，寫到眼壓過高，甚至頭痛欲裂，淚流滿面。

很像是被鬼氣森森的姚夜書鞭打著膝行，很渴望可以休息一下，但是完全辦不到。一整個禮拜什麼都沒辦法做，焦慮不堪，只是拚命的寫寫寫。這種經驗，很像是附身。

終於寫完了，寫完的瞬間，覺得整個人都淘空了。我在想，若是每一本都這樣附身，我真的會早死。

為什麼會寫姚夜書呢？起初只是別個故事的配角，但是他很快就反客為主，整個佔據了我的注意力。剛好我憶起三年前九月時莫名的大病，他突然就這樣撞進我的心裡，非常倔強的要告訴我他的故事。

一開始只是寫了〈瘋狂〉，然後他很殘忍的，要我寫〈食肉〉。好不容易在血腥中寫完了〈食肉〉，他又讓我寫了〈陰差〉，還逼迫性的寫了〈訪客〉和〈回家〉。

我並不覺得這是很驚悚的故事，只是對我個人而言，是種折磨。像是非常真實的，我變成了那個瘋狂的「姚夜書」，急切的要告訴世人我的故事。這個小說家書寫了另一個小說家，我在這個禮拜真的異常痛苦。

像是姚夜書讓我親眼看到地獄，而我在裡頭如入泥淖，不可自拔。我不知道會不會再寫另一本《姚夜書》，但是書寫他，會是我最驚悚而且可怕的經驗。

蝴蝶2006/10/9

第二部・天聽

這是個很驚悚的故事。

我不是說內容，而是單單指對我而言，這個書寫《姚夜書》的書寫人。

書寫姚夜書第一部時，我就知道不太妙。這是個特別的書寫經驗，但是被鞭笞著膝行的感覺很吃力。我的身體不是很承受得起。

沒辦法停，簡直是凶惡的要破腦而出，我對他很沒辦法。

所以寫完第一部，我決定要封印他，因為這樣耗損太大，我受不了。

但是時間慢慢過去，我又開始懷念那種痛並且快的狂飆感。煩惱很久，他又不斷的說，不斷的說……

於是我放棄掙扎，寫了第二部。

這次的經驗比上次還糟糕，除了吃飯睡覺以外，我幾乎都沉溺其中，而且有溺斃的感覺。

為了不讓這個故事干擾我太多，我決定去網咖寫。但一點用處也沒有，我回家哭著要睡覺，還是在寫。

我甚至連魔獸都沒上，發了神經似的弓在電腦前面，寫。

這也算是一種附身吧？有些時候，會突然錯亂，不知道是我寫姚夜書，還是姚夜書，在書寫我——或說，統治我。

這或許不是我寫得最好的小說，但會是我，著魔般喜歡的小說。

讓我深愛，卻也畏懼的作品。

讓我寫完昏睡多日，卻久久無法平復，常會有想哭的衝動。

以下的時序說明，對於沒有看過《妖異奇談抄》（出版名為《幻影都城》春光出版）、《禁咒師》（雅書堂出版）的讀者，事實上可以跳過去。

如果對這些有興趣，可以參閱我的部落格：

夜蝴蝶館：http://seba.tw/

http://blog.pixnet.net/seba

我目前寫作的現代奇幻驚悚作品，都是以「管理者」為圓心，畫出來的龐大設定架構。所以難免會互相牽扯。

姚夜書第一次登場不是在〈陰差〉這部，而是在《幻影都城》的〈初萌〉中出現。但這個發瘋的小說家有自己清醒的主張，他很堅決的要自己的故事，最後我投降，撇開工作表裡頭應該交稿的作品，為他寫完第一部《姚夜書之陰差》。

其實寫完第一部，我差不多已經構思完第二部的大綱了。但原因如上述，我不敢寫，等我寫出來的時候，果然又……我只花了七天，但每天幾乎十五個小時屈在電腦前狂寫。

先不談這些，回到時序問題吧。

姚夜書發瘋之後沒多久，吞下微塵。後來因為微塵清醒。楊瑾對他特別照顧，也是因為微塵的關係。

死而復甦的殷曼和君心雙雙失蹤，楊瑾此時已經被革職了，但他不認為愛鈴活著。

為了這個，還跟狐影起過很大的爭執。

他認為，愛鈴（殷曼）死後甦醒，只是類似屍鬼，早晚會成為怪物，甚至激烈的主張應該找出來殺掉，好讓愛鈴安息。

後來君心帶著殷曼回到都城，狐影幾次遲疑，還是沒有告訴這位表面冷靜，內心卻如烈火的好友。

而姚夜書轉院，就在君心和殷曼歸隱的尾聲，楊瑾正式卸除死亡天使一職，受罰在人間歷劫，一面矛盾的認為應該殺死變成屍鬼的養女，一方面又希望自己是錯的。

此時，他聽聞有對疑似屍鬼的情侶在墨西哥出沒，立刻請假趕赴當地。

所以，他希望姚夜書出院而非轉到明顯有問題的分院。但姚夜書執意不肯。他只能讓姚夜書留在分院，花了好幾個月去追蹤那對屍鬼情侶。

等他處理完畢，回國才知道姚夜書失蹤，最後他還是冒險動用聖力，找到幾乎溺死的夜書。他含糊的說要交接……事實上是去駐台辦事處說明狀況和寫悔過書。

之後楊瑾不斷請假，都是為了追尋殷曼的行蹤。

至於後來因為天帝特別恩准，令君心和殷曼離開都城時，狐影謹慎思考後，要他們去楊瑾那兒，但並沒有通知楊瑾。

一直極力主張應該殺掉變成屍鬼的愛鈴的楊瑾，卻在目睹愛鈴（殷曼）時，流下眼淚。體認到不管養女是否為屍鬼依舊是他的愛女。

然後在〈初萌〉中，姚夜書和君心相逢，故事正式接軌。姚夜書以神祕說書人的身分，給了殷曼和君心某方面的協助。

沒看過其他作品的讀者完全可以跳過。我只是希望可以讓閱讀過的讀者比較清楚時序問題。

坦白講，我也不知道為什麼要把無用的設定弄得這麼詳細。當讀者看到十萬字小說時，我得苦笑，因為背後有沒有寫出來的百萬字設定集。

對我來說，這個再給我三輩子也寫不完的小說，才是最驚悚恐怖的事情。

2007/9/17蝴蝶

國家圖書館出版品預行編目資料

姚夜書 / 蝴蝶Seba著.
-- 初版. -- 新北市：雅書堂文化, 2016.06
冊；　公分. --（蝴蝶館；72-73）
ISBN 978-986-302-307-4（上卷：平裝）
ISBN 978-986-302-308-1（下卷：平裝）

857.7　　　　　　　　105005846

蝴蝶館 72

姚夜書 上卷

作　　者／蝴　蝶
發 行 人／詹慶和
總 編 輯／蔡麗玲
執行編輯／蔡毓玲
編　　輯／劉蕙寧・黃璟安・陳姿伶・白宜平・李佳穎
封　　面／斐類設計
執行美編／陳麗娜
美術編輯／周盈汝・韓欣恬

出版者／雅書堂文化事業有限公司
郵政劃撥帳號／18225950
戶名／雅書堂文化事業有限公司
地址／新北市板橋區板新路206號3樓
電子信箱／elegant.books@msa.hinet.net
電話／（02）8952-4078
傳真／（02）8952-4084

2016年06月初版一刷　定價280元

總經銷／朝日文化事業有限公司
進退貨地址／新北市中和區橋安街15巷1號7樓
電話／（02）2249-7714
傳真／（02）2249-8715

Seba・蝴蝶

Seba・蝴蝶

Seba・蝴蝶

Seba・蝴蝶

Seba．蝴蝶

Seba·蝴蝶